Maja von Vogel

Die drei !!!

Skandal auf Sendung

KOSMOS
bei CARLSEN

Außerdem in der Reihe Die drei !!! im Carlsen Verlag lieferbar:
Die drei !!! – Achtung, Spionage!
Die drei !!! – Gefahr im Fitness-Studio
Die drei !!! – Gefährlicher Chat / Betrug beim Casting
Die drei !!! – Geheimnis der alten Villa
Die drei !!! – Im Bann des Flamenco
Die drei !!! – Tatort Paris

FSC
www.fsc.org
MIX
Papier aus verantwortungsvollen Quellen
FSC® C083411

Veröffentlicht im Carlsen Verlag
Juni 2016
Mit freundlicher Genehmigung des Franckh-Kosmos Verlages

Umschlagbild: Anike Hage
Umschlaggestaltung: formlabor
Corporate Design Taschenbuch: bell étage
Druck und Bindung: CPI books GmbH, Leck
ISBN 978-3-551-31525-0
Printed in Germany

Die drei !!!

Skandal auf Sendung

Eine aufregende Neuigkeit

Franziska Winkler nahm das Tablett, auf dem sich die dampfende Teekanne, drei Becher und ein frisch gebackener Topfkuchen befanden, und balancierte es vorsichtig aus der Küche. Sie öffnete mit dem Ellbogen die Haustür und ging zum alten Pferdeschuppen hinüber, den sie gemeinsam mit ihren Freundinnen Kim Jülich und Marie Grevenbroich in mühevoller Kleinarbeit zu einem gemütlichen Hauptquartier für ihren Detektivclub hergerichtet hatte. Dort gab es alles, was sie für ihre Clubtreffen brauchten: eine nette Sitzecke mit Tisch und drei Stühlen, einen Bürocontainer mit abschließbarer Schublade, in dem sie die Clubkasse und ihre Detektiv-Ausrüstung aufbewahrten, und einen kleinen Vorrat an Keksen und Schokolade gegen plötzliche Hungerattacken. An der linken Wand stand sogar eine alte Pferdekutsche mit hochklappbarem Verdeck. Die nutzten sie als geheimen Besprechungsraum, wenn sie sichergehen wollten, dass niemand ihre Gespräche belauschte. Aber das Wichtigste war: In ihrem Hauptquartier waren die drei !!! absolut ungestört und konnten sich in aller Ruhe ihrer Lieblingsbeschäftigung widmen: dem Lösen neuer Kriminalfälle.

Als Franzi den Schuppen betrat, schlug ihr stickige Luft entgegen. Staubkörner tanzten im Sonnenlicht, das durch die nicht mehr ganz saubere Fensterscheibe in den kleinen Raum fiel. Franzi stellte das Tablett auf dem Tisch ab und riss das Fenster auf, um die frische Frühlingsluft hereinzulassen. Als sie gerade die Teebeutel aus der Kanne nahm, hörte sie die quietschende

Bremse von Kims Fahrrad auf dem Hof. Wenige Sekunden später betrat Kim den Pferdeschuppen. Ihre braunen, kurzen Haare, die normalerweise zu einer schicken Fransenfrisur gestylt waren, standen unordentlich vom Kopf ab, ihre Wangen waren gerötet, und ihr Atem ging so schnell, als hätte sie den ganzen Weg zu Franzi im Eiltempo zurückgelegt.

»Weißt du schon das Neuste?«, keuchte sie, ohne Franzi zu begrüßen.

»Ja«, antwortete Franzi und goss seelenruhig Tee in die drei Becher auf dem Tisch. »Wir sollten mal wieder joggen gehen. Du bist offensichtlich überhaupt nicht in Form.«

Kim machte eine wegwerfende Handbewegung und ließ sich auf einen der drei Stühle fallen. »Quatsch! Das meine ich nicht! Sag bloß, du hast es noch nicht gehört?!«

»Was denn?« Langsam wurde Franzi ungeduldig. Sie hasste es, wenn Kim in Rätseln sprach.

»*Quiz für Kids* kommt in die Stadt!«, platzte Kim heraus und sah Franzi erwartungsvoll an.

Quiz für Kids war eine Quizsendung für Jugendliche, die jeden Mittwochnachmittag im Fernsehen lief und von dem gut aussehenden Jung-Star Thomas Niedlich moderiert wurde. Es traten mehrere Schulklassen gegeneinander an und der Siegerklasse winkten tolle Preise. Außerdem war *Quiz für Kids* Kims absolute Lieblingssendung. Sie ließ sich keine Folge entgehen und riet begeistert vor dem Fernseher mit. Meistens wusste sie viel mehr als die Kandidaten – ganz im Gegensatz zu Franzi, die normalerweise schon nach der ersten Frage ausstieg. Wenn sie sich die Sendung überhaupt so lange ansah, sie fand Quizsendungen nämlich eigentlich zum Gähnen

langweilig. Wen interessierte es schon, wer als erster Mensch den Mount Everest bestiegen hatte oder welches das größte Tier der Welt war?
Darum reagierte Franzi auf Kims Ankündigung auch lediglich mit einem Achselzucken. »Na und? Das ist mir ehrlich gesagt ziemlich egal.«
»Du weißt ja auch das Beste noch nicht.« Kim lächelte geheimnisvoll. »Vor der Sendung gibt es eine Vorrunde, an der mehrere Schulklassen aus der Region teilnehmen. Und unsere Klasse macht mit! Kannst du dir das vorstellen? Wenn wir die Vorrunde gewinnen, dürfen wir an der Fernsehshow teilnehmen!«
»Ja, ich weiß, unsere Klasse ist auch dabei.« Franzi klang nicht sonderlich begeistert. »Frau Pauli hat es uns heute Vormittag erzählt.«
Kim riss die Augen auf. »Ehrlich? Das ist ja toll!«
»Geht so.« Franzi hatte keine Lust, länger über diese dämliche Quizshow zu reden, und schob den Kuchenteller zu Kim hinüber. »Möchtest du ein Stück Marmorkuchen?«
Kims Augen leuchteten auf. Franzi wusste, dass sie Süßes für ihr Leben gern aß. Am liebsten mochte sie Schokolade oder Gummibärchen, aber Kuchen ließ sie normalerweise auch nicht stehen.
»Klar, gerne!« Kim nahm sich ein großes Stück, biss ab und nuschelte mit vollem Mund: »Lecker! Von deiner Mutter?«
Franzi nickte und bediente sich ebenfalls. »Mama kann es einfach nicht lassen. Sie denkt offenbar, dass wir verhungern, wenn sie nicht mindestens zweimal pro Woche einen Kuchen backt.«

In diesem Moment wurde die Tür aufgerissen und Marie, das dritte Mitglied des Detektivclubs, stürmte herein. Ihre langen, blonden Haare waren frisch gewaschen und fielen ihr leicht und duftig auf die Schultern. Ihre Wimpern waren sorgfältig getuscht und auf ihren Lippen schimmerte erdbeerfarbener Lipgloss. Franzi grinste. Selbst wenn in der Penthauswohnung von Maries Vater eines Tages ein Feuer ausbrechen sollte, würde sie sich vermutlich erst sorgfältig schminken, bevor sie das Haus verließ.

»Hallo, Mädels«, begrüßte Marie ihre Freundinnen. »Entschuldigt die Verspätung. Die Gesangsstunde hat mal wieder länger gedauert und dann hatte ich noch einen Friseurtermin.« Sie fuhr sich mit der Hand durch die Haare, die im Sonnenlicht golden schimmerten. »Wie findet ihr meine neuen Strähnchen? Die Farbe heißt *Golden Summer*. Sieht klasse aus, oder?«

Franzi rollte genervt mit den Augen. Manchmal konnte Marie ganz schön eingebildet sein. Und darauf reagierte Franzi jedes Mal total allergisch. »Du siehst aus wie ein Weihnachtsbaum, den jemand mit zu viel Lametta geschmückt hat«, sagte sie trocken. »Pass auf, dass die Leute nicht anfangen, dich mit Kugeln und Schokokringeln zu behängen.«

Marie warf Franzi einen wütenden Blick zu. »Du bist doch bloß neidisch, weil dich immer alle für einen Feuermelder halten!«

»Du warst auch schon mal witziger«, stellte Franzi fest und strich sich ärgerlich eine leuchtend rote Ponyfranse aus der Stirn. »Den Spruch hab ich schon mindestens hundert Mal gehört – allerdings war das im Kindergarten.«

»Jetzt beruhigt euch mal wieder«, sagte Kim, bevor ein Streit ausbrechen konnte. »Angiften könnt ihr euch später noch.« Sie hielt Marie den Kuchenteller hin. »Möchtest du?«

»Gerne.« Marie setzte sich an den Tisch und nahm sich ein Stück Kuchen. »Übrigens hab ich tolle Neuigkeiten! Ratet mal, wer demnächst in die Stadt kommt!«

»Thomas Niedlich und seine Quizshow«, antwortete Kim wie aus der Pistole geschossen.

Marie machte ein enttäuschtes Gesicht. »Ach – dann wisst ihr also schon Bescheid?«

Kim nickte eifrig. »Und stell dir vor: Franzis und meine Klasse nehmen an der Vorrunde teil.«

»Was?«, rief Marie. »Ihr auch? Meine Klasse ist ebenfalls dabei! Ich kann's kaum erwarten! Das wird mein erster richtiger Fernsehauftritt. Vielleicht habe ich ja Glück und werde zufällig von einem Talentscout entdeckt. Das wäre einfach der Hammer …«

Maries Stimme bekam einen sehnsüchtigen Klang. Es war ihr großer Traum, später einmal Sängerin oder Schauspielerin zu werden. Ihr Vater war der Star der Vorabendserie *Vorstadtwache* und hatte es mit seiner Rolle als Hauptkommissar Brockmeier zu Ruhm und Reichtum gebracht. Marie wollte mindestens genauso erfolgreich werden wie er. Darum verbrachte sie jetzt schon einen großen Teil ihrer Freizeit mit Gesangsstunden, Schauspielunterricht und Proben der Theater-AG.

Franzi runzelte die Stirn. Ein Wunder, dass Marie neben all diesen Aktivitäten überhaupt noch Zeit für den Detektivclub fand.

»Moment mal«, meldete sich Kim zu Wort. »Es ist doch noch

gar nicht gesagt, dass du ins Fernsehen kommst. Dafür muss deine Klasse erst die Vorrunde gewinnen.«

Marie warf ihre langen Haare über die Schulter zurück. »Keine Sorge, das schaffen wir schon. Schließlich hat unsere Klasse den besten Notendurchschnitt des Heinrich-Heine-Gymnasiums.«

»Wir haben aber auch ein paar ziemlich helle Köpfe«, sagte Kim, die zusammen mit Franzi die Georg-Lichtenberg-Gesamtschule besuchte. »Sei dir deiner Sache also lieber nicht allzu sicher.«

Marie grinste. »Du glaubst doch nicht im Ernst, dass ihr gewinnt, oder? Es ist schließlich allgemein bekannt, dass am Heinrich-Heine-Gymnasium ein viel höheres Leistungsniveau herrscht als an eurer Schule.«

Franzi schnaufte verächtlich. »Jetzt komm mal wieder runter, okay? Dein überhebliches Getue nervt allmählich!«

»Franzi hat recht«, sagte Kim kühl. »Du solltest uns besser nicht unterschätzen.« Sie sah Marie mit gerunzelter Stirn an und plötzlich herrschte eine ausgesprochen angespannte Stimmung im Pferdeschuppen.

Marie hob abwehrend die Hände. »Regt euch ab, es ist ja noch nichts entschieden. Aber eins ist zumindest sicher: Nächste Woche haben wir die einmalige Gelegenheit, einen echten Fernsehstar live zu erleben.« Sie seufzte. »Ich kann's kaum erwarten, Thomas Niedlich persönlich gegenüberzustehen. Er ist bestimmt supernett. Mal ganz davon abgesehen, dass er einfach unverschämt gut aussieht.«

Kim nickte. »Stimmt, er ist wirklich ganz süß.«

»Ganz süß?« Marie sah Kim ungläubig an. »Thomas Niedlich

ist viel mehr als das! Er ist ein absoluter Supertyp! Er sieht traumhaft aus, ist jung, sympathisch und irre erfolgreich. Er verdient Geld wie Heu und seine Villa in Berlin soll riesengroß und total luxuriös sein. Sämtliche Mädchen aus meiner Klasse finden ihn toll.«

Franzi zog eine Grimasse. »Was soll denn an diesem Milchgesicht toll sein? Wenn ich sein Zahnpastalächeln nur sehe, wird mir schon schlecht.«

Marie schüttelte den Kopf. »Du hast eben keinen Sinn für so was. Für einen Abend mit Thomas Niedlich würde ich so ziemlich alles tun. Wusstet ihr übrigens, dass er auch aufs Heinrich-Heine-Gymnasium gegangen ist?«

»Wie kann das denn sein?«, fragte Franzi verwirrt. »Ich dachte, der Typ lebt in Berlin.«

Marie verdrehte die Augen. »Sag mal, liest du eigentlich nie irgendwelche Klatschzeitschriften? Thomas Niedlich wohnt erst seit ein paar Jahren in Berlin. Aufgewachsen ist er hier in der Stadt.«

»Das ist wirklich wahnsinnig spannend«, brummte Franzi und goss Tee nach. »Können wir jetzt trotzdem endlich über etwas anderes reden? Schließlich sind wir immer noch ein Detektivclub und kein Thomas-Niedlich-Fanclub.«

»Okay.« Kim nahm sich noch ein Stück Kuchen. Dann holte sie ihr Detektivtagebuch heraus. Das Heft war schon ziemlich abgegriffen. Hier notierte sie alle wichtigen Einzelheiten, die sie später in ihr Computertagebuch übertrug. »Lasst uns anfangen.«

»Und womit?«, fragte Marie. »Wir haben doch gar keinen Fall.«

Seit sie ihren Detektivclub gegründet hatten, hatten die drei !!! schon einige Kriminalfälle erfolgreich gelöst. Zuletzt war ihnen während einer Parisreise eine dreiste Verbrecherbande ins Netz gegangen.
»Schlimm genug«, sagte Franzi. »Seit wir aus Frankreich zurück sind, haben wir keinen Auftrag mehr gehabt. Wenn das so weitergeht, können wir bald in Rente gehen.«
Marie dachte nach. »Wir könnten ja Kommissar Peters mal wieder einen Besuch abstatten«, schlug sie vor. »Vielleicht erzählt er uns, woran er gerade arbeitet.«
»Das glaubst du doch selbst nicht«, sagte Franzi. »Er würde sich eher die Zunge abbeißen, als uns irgendwelche internen Informationen zu geben.«
Kommissar Peters hatte den drei !!! schon einige Male in brenzligen Situationen geholfen oder sie in detektivischen Angelegenheiten beraten. Er schätzte ihre kriminalistischen Fähigkeiten, konnte aber sehr unangenehm werden, wenn sich die Mädchen in seine Ermittlungen einmischten oder sich in Gefahr begaben.
»Ein Besuch beim Kommissar kann trotzdem nicht schaden«, stellte Kim fest und machte sich eine Notiz. »Man sollte seine Kontakte stets pflegen.«
Marie sah auf die Uhr. »Sorry, Leute, aber ich muss leider schon wieder los.«
Franzi runzelte die Stirn. »Warum denn? Du bist doch gerade erst gekommen!«
»Ich hab noch einen Termin bei meiner Kosmetikerin.« Sie zwinkerte ihren Freundinnen zu. »Schließlich will ich im Fernsehen eine möglichst gute Figur machen!«

Kim warf ihr einen ärgerlichen Blick zu. »Nächste Woche ist erst die Vorrunde, wie oft soll ich dir das noch sagen? Und es ist längst nicht gesagt, dass deine Klasse gewinnt und du ins Fernsehen kommst.«
Marie zuckte mit den Schultern und stand auf. »Das werden wir ja sehen.«
Kim erhob sich ebenfalls. »Ich mache mich jetzt auch auf den Heimweg. Nachher kommt *Quiz für Kids* im Fernsehen und das will ich auf keinen Fall verpassen.«
Franzi stöhnte. »Spinnt ihr jetzt beide total? Ihr seid ja völlig auf diese dämliche Sendung fixiert!«
Kim und Marie sahen Franzi vorwurfsvoll an. »Das ist keine dämliche Sendung!«, verkündeten sie wie aus einem Mund.
Franzi musste gegen ihren Willen lachen. »Hilfe! Ich bin mit zwei Verrückten befreundet!«

Nachdem Marie und Kim davongeradelt waren, machte Franzi im Hauptquartier klar Schiff und trug das Tablett mit dem halb aufgegessenen Marmorkuchen, der Teekanne und den benutzten Bechern zurück in die Küche. Als sie gerade das Geschirr spülte, tänzelte Chrissie herein.
»Da bist du ja, Schwesterherz!«, zwitscherte sie. »Ich hab dich schon überall gesucht.«
Franzi sah ihre ältere Schwester misstrauisch an. »Was ist denn mit dir los? Willst du dir mal wieder meine Jeans mit der Perlenstickerei ausleihen? Oder mein neues Oberteil?«
Chrissie schüttelte lächelnd den Kopf. »Unsinn, wie kommst du denn darauf?«

»Weil du nur dann so freundlich zu mir bist, wenn du etwas von mir willst«, antwortete Franzi.
Chrissies Lächeln verschwand für einen Moment und sie warf ihrer Schwester einen wütenden Blick zu. »Wie kannst du mir nur so etwas unterstellen? Das ist echt gemein!«
Franzi zuckte mit den Schultern. »Dein Problem, wenn du die Wahrheit nicht ertragen kannst.« Sie sah Chrissie forschend an. »Dann willst du also wirklich nichts von mir?«
Chrissies Gesichtsausdruck wurde wieder zuckersüß. »Natürlich nicht – abgesehen von einer winzigen Kleinigkeit.«
»Hab ich's doch gewusst!« Franzi seufzte. »Was ist es denn diesmal? Klamotten? Mein Haarwachs? Geld?«
»Nichts dergleichen«, säuselte Chrissie. »Ich wollte dich lediglich um einen klitzekleinen Gefallen bitten. Ich hab gehört, dass deine Klasse bei dem Casting für *Quiz für Kids* mitmacht. Und da dachte ich, du könntest mir vielleicht ein Autogramm von Thomas Niedlich besorgen …«
Franzi stöhnte. »Sag nicht, du stehst auch auf diese Knalltüte!«
»Und ob! Alle stehen auf Thomas Niedlich!« Chrissies Blick bekam einen schwärmerischen Ausdruck. »Er sieht aber auch wirklich zum Anbeißen aus! Diese strahlend blauen Augen, seine strubbeligen Haare und das süße Lächeln …«
Franzi hielt sich die Ohren zu. »Hör auf! Ich kann diesen Quatsch nicht mehr hören!«
»Kein Problem.« Chrissie grinste. »Ich bin sofort still, wenn du mir versprichst, dass du mir ein Autogramm besorgst.«
Franzi nickte ergeben. »Na gut, ich mach's. Aber wehe, du er-

wähnst in meiner Gegenwart heute noch einmal den Namen Thomas Niedlich!«

Chrissie nahm sich ein Stück Kuchen. »Keine Sorge, meine Lippen sind versiegelt. Ich pflanze mich jetzt sowieso vor den Fernseher. Gleich fängt *Quiz für Kids* an. Willst du mitgucken?«

Franzi schüttelte heftig den Kopf. »Auf keinen Fall! Da mach ich sogar lieber meine Hausaufgaben!«

Wer ist die Schlauste im ganzen Land?

»Und – wie war's?«, fragte Kim aufgeregt, als Franzi aus dem Studio kam. Das Casting für *Quiz für Kids* fand in der Stadthalle statt, wo die Produktionsfirma der Sendung ein provisorisches Fernsehstudio eingerichtet hatte.
Franzi zuckte mit den Schultern. »Ziemlich langweilig. Wir mussten die ganze Zeit auf unbequemen Bänken sitzen und per Knopfdruck irgendwelche blöden Fragen beantworten.«
»Wie viele Punkte habt ihr gemacht?«, wollte Kim wissen.
»Keine Ahnung.« Franzi gähnte. »Das verraten sie einem erst am Schluss bei der Siegerehrung.«
»Und wie war Thomas Niedlich?«, fragte Marie. »Wie sah er aus? Was hatte er für Klamotten an? Hast du mit ihm geredet?«
»Keine Ahnung, was der Typ für Klamotten anhatte«, antwortete Franzi unwillig. »Ich hab nicht drauf geachtet. Jeans, glaube ich. Und irgendein Hemd. Geredet hat er nur mit Anna. Sie saß auf dem Quizstuhl und musste seine Fragen direkt beantworten. Und stellt euch vor – sie lag tatsächlich bei allen zehn Fragen richtig!«
In diesem Moment kam Anna aus dem Studio. Sie sah ziemlich blass aus.
»Du hast dich prima geschlagen, Anna!«, lobte Franzi ihre Mitschülerin und klopfte ihr anerkennend auf die Schulter.
Ein schüchternes Lächeln erschien auf Annas Gesicht. »Fin-

dest du? Am Anfang war ich so aufgeregt, dass ich mich gar nicht richtig konzentrieren konnte.«

»Kann ich mir vorstellen.« Kim kaute nervös auf ihrer Unterlippe. »Meine Klasse ist auch gleich dran, dann muss ich mich auf den Quizstuhl setzen. Sind die Fragen sehr schwer?«

Anna zuckte mit den Schultern. »Unterschiedlich. Einige fand ich leicht, andere hatten es echt in sich. Zum Glück hab ich zu Hause geübt.« Sie seufzte. »Mensch, bin ich froh, dass ich das hinter mir habe.«

In diesem Moment stürmte Frau Kästner, Annas Mutter, auf ihre Tochter zu. »Da bist du ja, mein Schatz!«, rief sie. »Wie ist es gelaufen?«

»Ganz gut«, antwortete Anna und schielte etwas verlegen zu Franzi und ihren Freundinnen hinüber.

Frau Kästner beachtete die anderen Mädchen gar nicht. »Was soll das heißen, ganz gut? Jetzt lass dir doch nicht jedes Wort aus der Nase ziehen! Komm, wir setzen uns in den Warteraum und dann erzählst du mir alles.«

Frau Kästner zog ihre Tochter fort und Franzi sah ihr mitfühlend nach.

»Die Ärmste! Ich würde im Boden versinken, wenn meine Mutter hier auftauchen und so eine Show veranstalten würde.« Sie zog eine Grimasse. »Beinahe wäre Chrissie mitgekommen, um Thomas Niedlich anzuhimmeln, aber dieser Kelch ist zum Glück im letzten Moment an mir vorübergegangen.«

»Wie das?«, fragte Kim. »Hast du deine Schwester betäubt und an ihr Bett gefesselt?«

Franzi grinste. »Das war nicht nötig, sie hat heute Nachmittag einen Zahnarzttermin. Ihre ständigen Schwärmereien für Thomas Niedlich sind wirklich kaum noch zu ertragen. Ihr Freund Bernd war auch schon ganz eifersüchtig. Aber wenigstens war Chrissie die ganze Woche supernett zu mir, weil ich versprochen habe, ihr ein Autogramm zu besorgen.«

»Und was ist mit Stefan?«, fragte Marie beiläufig. »Kommt er noch vorbei?«

Franzi schüttelte den Kopf. »Stefan ist gerade auf Kursfahrt in Rom. Hab ich das gar nicht erzählt?«

Marie machte ein enttäuschtes Gesicht. »Nein, hast du nicht. Wie lange bleibt er denn weg?«

»Zehn Tage.« Franzi grinste. »Du musst dich also noch ein bisschen gedulden, bis du ihn wiedersiehst! Aber bis dahin kannst du ja Thomas Niedlich anschmachten.«

Dass Marie für Franzis älteren Bruder schwärmte, war schon lange kein Geheimnis mehr. Als Stefan eine Zeit lang eine Freundin gehabt hatte, war Marie untröstlich gewesen, und Franzi hatte schon gehofft, der heftige Liebeskummer hätte sie von ihrer Leidenschaft geheilt. Aber seit Stefan wieder solo war, himmelte Marie ihn genauso an wie vorher.

»Hoffentlich angelt sich Stefan in Rom keine feurige Italienerin«, sagte Kim und zwinkerte Franzi zu. »Die sollen ja total auf rothaarige Männer fliegen …«

»Ehrlich? Woher weißt du das denn?«, fragte Marie.

Kim wollte gerade antworten, als sie plötzlich blass wurde und wie hypnotisiert über Franzis Schulter starrte. »Oh nein!«, stöhnte sie. »Das darf doch nicht wahr sein!«

Franzi drehte sich um und erblickte Ben und Lukas, Kims neunjährige Zwillingsbrüder, die direkt auf sie zukamen.

Hinter ihnen tauchte Kims Mutter auf und winkte den Mädchen zu.
»Da staunst du, was?« Frau Jülich drückte Kim einen Kuss auf die Wange. »Ben und Lukas wollten unbedingt bei deinem großen Auftritt dabei sein. Wann bist du denn dran?«
»In einer Viertelstunde ungefähr«, sagte Kim. »Aber so lange müsst ihr wirklich nicht warten …«
Ihre Mutter lächelte. »Ach was, kein Problem. Sieh mal, was deine Brüder für dich gemacht haben!« Sie breitete ein Betttuch aus, auf dem in riesengroßen, krakeligen Buchstaben DU SCHAFFST ES, KIM!!! stand. »Ist das nicht süß?«
Kim machte ein gequältes Gesicht. »Toll!«
Franzi kicherte. Es war nicht zu übersehen, dass Kim der Auftritt ihrer Familie ziemlich peinlich war.
Zum Glück kam in diesem Moment der Aufnahmeleiter aus dem Studio und rief: »Die Klasse 7f der Georg-Lichtenberg-Gesamtschule, bitte!«
Kim wurde noch blasser. »Mist, jetzt wird es ernst. Mir ist schon ganz schlecht.«
Franzi drückte aufmunternd ihren Arm. »Du kriegst das bestimmt prima hin.«
»Viel Glück«, wünschte Marie, und Frau Jülich fügte hinzu: »Wir drücken dir ganz fest die Daumen, Liebling!«
Ben und Lukas schwenkten das Betttuch und grölten im Chor: »DU SCHAFFST ES, KIM! DU SCHAFFST ES, KIM!« Zwischendurch streckten sie ihrer Schwester die Zunge raus und lachten sich beinahe scheckig.
Kim warf ihnen einen vernichtenden Blick zu und verschwand in der Stadthalle.

Zwei Stunden später war das Casting vorbei und alle Teilnehmer versammelten sich zur Siegerehrung im Studio.
»He, dahinten ist ja Michi!«, rief Kim und winkte einem schlanken, mittelgroßen Jungen mit braunen Haaren zu, der lächelnd auf sie zukam.
Michi Millbrandt war ein guter Freund der drei !!! und hatte sie schon oft beim Lösen besonders kniffliger Fälle unterstützt. Kim war seit ihrer ersten Begegnung unsterblich in ihn verliebt, traute sich aber nicht, es ihm zu sagen. Stattdessen himmelte sie ihn mehr oder weniger heimlich an und wartete auf ein Zeichen von ihm. Franzi seufzte. Warum machten es sich Verliebte eigentlich immer so schwer? Warum redeten sie nicht einfach Klartext miteinander? Manchmal verstand sie ihre Freundinnen einfach nicht …
»Hallo, alle zusammen!« Michi nickte den Mädchen zu. »Ich wollte mal sehen, was ihr hier so treibt.«
»Das Casting ist leider gerade zu Ende«, erklärte Kim und strahlte Michi an. »Aber gleich beginnt die Siegerehrung. Dann wird verkündet, welche Klasse gewonnen hat und im Fernsehen auftreten darf.«
Michi lächelte ihr zu. »Du hast dich bestimmt prima geschlagen, oder? Ich kenne niemanden, der so schlau ist wie du.«
Kim wurde knallrot. »Na ja – ich habe tatsächlich alle Fragen richtig beantwortet.«
»Ehrlich? Super!« Michi klang beeindruckt und Kim freute sich sichtlich darüber.
»So toll ist das nun auch wieder nicht«, bemerkte Marie spitz.

»Es kommt schließlich immer noch auf die Gesamtpunktzahl an.«
»Das sagst du doch bloß, weil die Quizkandidatin aus eurer Klasse nur die ersten acht Fragen beantworten konnte«, gab Kim ärgerlich zurück. »Und das, obwohl sie aufs tolle Heinrich-Heine-Gymnasium geht!«
»Na und?« Marie zuckte mit den Schultern. »Wir haben bestimmt trotzdem gewonnen. Wollen wir wetten?«
Franzi rollte genervt mit den Augen. »Könnt ihr nicht mal aufhören mit eurem Gezicke? Es ist doch völlig schnuppe, wer diese blöde Vorrunde gewinnt! *Quiz für Kids* schauen schließlich sowieso nur Idioten.«
Aber mit dieser Meinung stand Franzi offenbar ziemlich alleine da. Als Thomas Niedlich auf der Bühne erschien, starrten Marie und Kim wie hypnotisiert zu ihm hinüber. Kim kaute nervös an ihrem Daumennagel und Marie trat unruhig von einem Bein aufs andere.
»Wahnsinn!«, murmelte sie. »Der Typ ist einfach toll.«
Franzi musterte den Moderator. Sie musste zugeben, dass Thomas Niedlich tatsächlich nicht schlecht aussah. Er hatte ein jungenhaftes Gesicht, auf dem jetzt ein strahlendes Lächeln erschien. Seine braunen Haare waren zu einer stacheligen Gelfrisur gestylt und er trug eine verblichene Jeans, ein T-Shirt im Batik-Look und einen grasgrünen Blazer. Franzi fielen die vielen Ringe auf, die er an den Fingern trug. Ob die alle echt waren?
»Jetzt ist es so weit!«, verkündete der Moderator und ließ noch einmal sein Zahnpastalächeln aufblitzen. Sämtliche Mädchen im Studio betrachteten ihn mit verzücktem Gesichtsaus-

druck. »Der Sieger der Vorrunde steht fest! Ihr wart alle super, aber es kann nun mal leider nur eine Klasse gewinnen. Und gewonnen hat ...« Der Moderator machte eine spannungsgeladene Pause und es wurde mucksmäuschenstill im Studio. »... die Klasse 7b der Georg-Lichtenberg-Gesamtschule! Herzlichen Glückwunsch!«
Der Rest der Ansage ging im lauten Jubel von Franzis Mitschülern unter. Die Jungs grölten begeistert und die Mädchen fielen sich gegenseitig um den Hals. Auch Anna strahlte über das ganze Gesicht. Ihre Mutter klatschte wie verrückt, genauso wie Frau Pauli, Franzis Klassenlehrerin.
Franzi machte ein verblüfftes Gesicht. »Was? *Wir* haben gewonnen?« Sie konnte es kaum glauben. Damit hatte sie nun wirklich nicht gerechnet!
Kim und Marie ging es offenbar ebenso. Sie starrten Franzi völlig verdattert an. Dann machte sich Enttäuschung auf ihren Gesichtern breit.
»Mist, Mist, Mist!«, schimpfte Marie. »Dabei war ich mir so sicher, dass wir weiterkommen! Ich hab mir sogar schon Klamotten für meinen Fernsehauftritt gekauft!«
Franzi verkniff sich eine Bemerkung darüber, dass Hochmut vor dem Fall kommt. Stattdessen lächelte sie ihrer Freundin tröstend zu. »Mach dir nichts draus. Du schaffst es schon noch früh genug ins Fernsehen, auch ohne diese blöde Quizshow.«
»Du hast gut reden!«, fuhr Marie sie an. »Du weißt ja gar nicht, wie wichtig mir dieser Fernsehauftritt war!« Sie drehte sich um und stürmte in Richtung Toiletten davon.
»Was ist denn mit der los?«, wunderte sich Franzi und sah

Marie mit gerunzelter Stirn nach. »Warum schnauzt sie mich jetzt an? Ich kann doch schließlich nichts dafür, dass ihre Klasse verloren hat!«
»Lass sie doch«, sagte Kim. »Sie ist eben enttäuscht – und das kann ich gut verstehen.«
Michi drückte Kims Arm. »Ärgere dich nicht. Du hast dein Bestes gegeben und das ist doch die Hauptsache.«
Kim lächelte ihm traurig zu. »Leider hat es nicht gereicht.«
Währenddessen verteilte Thomas Niedlich auf der Bühne fleißig Autogramme. Das Zahnpastalächeln lag die ganze Zeit wie einbetoniert auf seinem Gesicht.
»Der Typ ist so was von unsympathisch!« Franzi stieß Michi mit dem Ellbogen in die Seite. »Sieh dir nur mal sein falsches Grinsen an – echt fies!«
Michi nickte. »Stimmt. Und für seine Frisur hat er mindestens eine Tonne Gel verbraucht.«
Franzi kicherte. »Der muss bestimmt jeden Abend einen Ölwechsel machen, bevor er ins Bett geht. Ich weiß wirklich nicht, was alle an dem finden. Marie und Kim sind ja auch total begeistert von ihm – von meiner Schwester Chrissie gar nicht zu reden.«
»Tatsächlich?« Michi zog eine Augenbraue hoch und sah Kim überrascht an. »Du stehst auf Thomas Niedlich?«
Kim wurde rot und schüttelte schnell den Kopf. »Quatsch! Ich finde nur die Sendung klasse, der Moderator ist mir völlig schnuppe …«
»Wie bitte?«, fiel ihr Franzi ins Wort. »Das klang aber letzte Woche noch ganz anders. Da hast du gesagt, du findest Thomas Niedlich süß!«

Kim warf Franzi einen ärgerlichen Blick zu. »So habe ich das bestimmt nicht gesagt!«
»Ich hätte echt nicht gedacht, dass du auf so einen Schleimbolzen stehst, Kim!«, neckte Michi sie.
Franzi kicherte. »Schleimbolzen! Das ist gut!«
»Der Typ rutscht beim Gehen bestimmt regelmäßig auf seiner eigenen Schleimspur aus.« Michi verzog angeekelt das Gesicht.
Jetzt musste Franzi so lachen, dass sie beinahe keine Luft mehr bekam. »Hör … auf … Michi!«, japste sie. »Ich kann nicht mehr!«
»Ha, ha, sehr witzig«, brummte Kim und verschränkte die Arme vor der Brust. »Hauptsache, ihr habt euren Spaß.«
Michi warf einen Blick auf seine Armbanduhr. »Mist, ich muss los. Ich hab meinem Vater versprochen, ihm heute im Laden zu helfen.« Michis Vater war Besitzer eines kleinen Elektrowarengeschäfts in der Innenstadt und Michi musste an den Nachmittagen oft im Laden aushelfen. Er verabschiedete sich von Kim und Franzi und verschwand zwischen den anderen Schülern.
»Sag mal, musste das sein?«, fuhr Kim Franzi an, kaum dass Michi außer Hörweite war.
Franzi runzelte die Stirn. »Was meinst du?«
»Das weißt du ganz genau!« Kim sah richtig wütend aus. »Du hättest Michi wirklich nicht erzählen müssen, dass ich Thomas Niedlich süß finde. Was soll er denn jetzt von mir denken?«
Franzi zuckte mit den Schultern. »Keine Ahnung – dass du auf Schleimbolzen stehst, wahrscheinlich.« Sie grinste, aber

auf Kims Gesicht erschien nicht einmal die Spur eines Lächelns. Sie schien tatsächlich sauer zu sein. Franzi verdrehte genervt die Augen. »Meine Güte, jetzt reg dich doch nicht so auf! Immer musst du gleich aus einer Mücke einen Elefanten machen! Warum sind heute eigentlich alle so empfindlich? Erst dreht Marie durch und jetzt du. Das ist doch nicht normal!«

»Vielleicht solltest du einfach ein bisschen mehr auf die Gefühle deiner Mitmenschen achten«, sagte Kim kühl.

»Was soll denn das jetzt wieder heißen?«, fragte Franzi.

In diesem Moment kam Marie von der Toilette zurück, wo sie ihr Make-up aufgefrischt und offenbar auch die erste Enttäuschung über ihre Niederlage beim Casting halbwegs überwunden hatte.

»Sag mal, wolltest du nicht ein Autogramm für deine Schwester holen?«, fragte sie Franzi. »Dann solltest du dich lieber beeilen. Ich glaube, die Autogrammstunde ist gleich vorbei.«

Franzi sah zur Bühne hinüber und stellte fest, dass die Mädchen, die sich eben noch um Thomas Niedlich geschart hatten, Richtung Ausgang strömten. Der Moderator war nirgendwo zu sehen.

»Mist!«, schimpfte sie. »Wo ist der Typ denn auf einmal hin? Chrissie bringt mich um, wenn ich mit leeren Händen nach Hause komme!«

»Ich wollte mir auch noch ein Autogramm holen«, sagte Marie. »Kommt mit, vielleicht erwischen wir ihn noch am Hinterausgang.«

Ein Moderator in Nöten

Die drei !!! stürmten aus dem Studio. Draußen dämmerte es bereits. Ein paar Schüler standen noch in kleinen Gruppen zusammen und diskutierten den Verlauf des Castings, die meisten waren aber schon nach Hause gefahren.

Kims Mutter war in ein Gespräch mit Frau Meisner, Kims Klassenlehrerin, vertieft. Ben und Lukas hatten sich das Bettlaken über die Köpfe geworfen und versuchten, ein paar Mädchen aus Maries Klasse zu erschrecken. Als die beiden Kurs auf ihre Schwester nahmen, beschleunigte Kim ihre Schritte.

»Nichts wie weg!«, zischte sie ihren Freundinnen zu. »Die zwei Nervensägen sind im Anmarsch.«

Die drei !!! flitzten im Eilschritt um die Ecke des Studiogebäudes. In einiger Entfernung sahen sie drei Männer am Hintereingang stehen. Einer von ihnen war Thomas Niedlich. Obwohl er eigentlich nicht besonders klein war, wirkte er gegen die beiden anderen wie ein Zwerg.

»Was sind denn das für Kleiderschränke?«, wunderte sich Marie. »Den beiden Typen möchte ich auch nicht im Dunkeln begegnen.«

»Vielleicht sind das ja Thomas Niedlichs Bodyguards«, vermutete Franzi und wollte schon auf den Moderator zugehen, als Kim sie zurückhielt.

»Warte! Ich glaube, da stimmt was nicht!« Sie zog ihre Freundinnen hinter einen Mauervorsprung und sah aufmerksam zu den drei Männern hinüber.

»Was soll denn da nicht stimmen?«, fragte Franzi, aber in diesem Moment sah sie es auch. Die beiden Kleiderschränke hatten sich drohend vor dem Moderator aufgebaut und schienen ihm nicht gerade wohlgesinnt zu sein. Thomas Niedlich war zurückgewichen und stand jetzt mit dem Rücken zur Wand.
»Sieht fast so aus, als hätte der Schleimbolzen Probleme«, murmelte Franzi.
»Psst!«, machte Marie. »Sei leise, vielleicht können wir dann verstehen, worum es geht.«
Aber die Mädchen waren zu weit weg. Nur einzelne Wortfetzen wehten zu ihnen herüber, die kaum einen Sinn ergaben.
Trotzdem kritzelte Kim eifrig in ihr Notizbuch. »Habt ihr gerade auch ›Club Monte Carlo‹ verstanden?«, flüsterte sie.
Marie nickte. »Und Thomas Niedlich scheint den Club zu kennen. Er ist richtig zusammengezuckt, als er den Namen gehört hat. Was das wohl für ein Laden ist?«
Einer der Männer begann den Moderator zu schubsen, woraufhin dieser abwehrend die Arme hob und beschwörend auf sein Gegenüber einredete. Selbst aus der Entfernung konnte Franzi sehen, dass er Angst hatte. Das Zahnpastalächeln war aus seinem Gesicht verschwunden. Er war leichenblass und seine Augen waren vor Schreck geweitet. Dann begann er, in den Taschen seines grasgrünen Jacketts zu wühlen.
»Da! Jetzt steckt Thomas Niedlich den beiden Männern etwas zu!«, flüsterte Franzi. »Könnt ihr erkennen, was es ist?«
Kim kniff die Augen zusammen. »Geld! Er gibt ihnen Geld!

Und nicht gerade wenig, wenn mich nicht alles täuscht! Ob das ein Überfall ist? Wir sollten die Polizei rufen!«

Doch gerade als Kim ihr Handy zücken wollte, war der Spuk auch schon vorbei. Einer der Männer steckte das Geldbündel ein, der andere versetzte dem Moderator einen letzten Stoß gegen die Brust, und dann machten die beiden Muskelpakete, dass sie wegkamen.

Die drei !!! verließen ihr Versteck und rannten zu Thomas Niedlich hinüber, der wie ein Häufchen Elend an der Wand lehnte und das Gesicht in den Händen vergraben hatte.

»Alles in Ordnung?«, fragte Kim. »Sind Sie verletzt?«

Der Moderator ließ die Arme sinken und sah die Mädchen überrascht an. Er war immer noch aschfahl. »Wer seid ihr? Was macht ihr hier?«

»Wir haben alles gesehen!«, rief Franzi. »Sollen wir die Polizei rufen? Mit einer guten Personenbeschreibung werden die beiden Typen bestimmt in null Komma nichts gefasst.«

Thomas Niedlich schüttelte den Kopf. »Nein! Keine Polizei!«

Franzi sah ihn verständnislos an. »Aber das war doch gerade ein Überfall, oder? Wollen Sie etwa, dass die Verbrecher ungeschoren davonkommen?«

Der Moderator rieb sich die Augen. Er sah plötzlich sehr müde aus. »Das war kein Überfall. Ihr habt da offenbar etwas missverstanden. Es ist alles in bester Ordnung.«

Die drei !!! warfen sich verwunderte Blicke zu. Damit hatten sie nicht gerechnet.

»Wer seid ihr überhaupt?«, fragte Thomas Niedlich wieder und stieß sich von der Mauer ab.

Kim griff in ihre Tasche und holte eine Visitenkarte des Detektivclubs hervor. Sie reichte sie dem Moderator, der mit gerunzelter Stirn las, was darauf stand:

»Was soll das?«, fragte er und schwenkte die Visitenkarte. »Ist das ein Scherz?«
Franzi machte ein beleidigtes Gesicht. »Keineswegs. Wir haben mit unserem Detektivclub schon einige Fälle erfolgreich gelöst. Es wurde sogar in der Zeitung darüber berichtet.«
»Wir haben beim Casting mitgemacht«, erklärte Marie und schenkte Thomas Niedlich ein strahlendes Lächeln. »Und jetzt wollten wir Sie eigentlich um ein Autogramm bitten. Wir sind nämlich große Fans von Ihnen – na ja, zumindest zwei von uns«, fügte sie mit einem Seitenblick auf Franzi hinzu.
»Ach so, ihr wollt Autogramme. Warum habt ihr das nicht gleich gesagt?« Thomas Niedlich griff in seine Hosentasche und zog drei Autogrammkarten hervor, die er an die Mädchen verteilte. Dann wollte er Kim die Visitenkarte zurückgeben, doch sie wehrte ab.

»Behalten Sie die Karte. Und wenn Sie doch noch Hilfe brauchen, rufen Sie uns an. Wir übernehmen jeden Fall!«
Der Moderator lächelte etwas gezwungen. »Ich habe euch doch schon gesagt, dass alles in Ordnung ist. Ich kenne die beiden Männer, wir sind alte Freunde.«
»Wie ein Gespräch unter Freunden sah das aber gerade nicht aus«, stellte Franzi fest. »Die Männer haben Sie ganz schön in die Mangel genommen.«
Thomas Niedlich fuhr sich nervös mit seiner beringten Hand durch die Haare und brachte dabei seine sorgfältig gestylte Gelfrisur durcheinander. »Wir hatten eine kleine Meinungsverschiedenheit. Nichts Ernstes, das renkt sich bestimmt wieder ein.«
»Und warum haben Sie den Männern Geld gegeben?«, wollte Kim wissen.
Thomas Niedlich zuckte zusammen. »Sagt mal, wird das hier etwa ein Verhör? Wem ich Geld gebe und warum, geht euch gar nichts an, klar? Spielt gefälligst woanders Detektiv und lasst mich in Ruhe! Ich habe wirklich wichtigere Dinge zu tun!«
Er warf den drei !!! einen ärgerlichen Blick zu, drehte sich auf dem Absatz um und verschwand im Studio. Hinter ihm fiel die Tür des Hintereingangs krachend ins Schloss.
Marie, Kim und Franzi sahen sich verdutzt an.
»Na, so was!«, sagte Kim. »Was war denn mit dem los? Er ist ja plötzlich richtig ausgerastet!«
»Wahrscheinlich fühlte er sich von uns bedrängt«, verteidigte Marie den Moderator. »Kein Wunder, wenn man Tag und Nacht von aufdringlichen Fans verfolgt wird.«

»Auf jeden Fall finde ich ihn nach diesem Auftritt nicht gerade sympathischer«, stellte Franzi fest.
Kim sah ihre Freundinnen an. »Denkt ihr, was ich denke?«
Franzi nickte. »Hier ist eindeutig etwas faul. Mit diesem Thomas Niedlich stimmt was nicht.«
»Er hat Angst, so viel ist sicher«, sagte Marie. »Wir sollten herausbekommen, was die beiden Typen wirklich von ihm wollten. Denn dass sie sich nur freundschaftlich unterhalten haben, glaube ich keine Sekunde.«
Ein Leuchten ging über Franzis Gesicht. »Haben wir etwa einen neuen Fall?«
Kim grinste. »Sieht ganz so aus.« Sie streckte den Arm aus. Franzi und Marie taten es ihr gleich und alle drei legten die Hände übereinander. Im Chor riefen sie: »Die drei !!!.« Dann sagte Kim »Eins!«, Franzi »Zwei!« und Marie »Drei!«. Zum Schluss hoben sie gleichzeitig die Hände und riefen: »Power!!!«

Die Ermittlungen beginnen

Detektivtagebuch von Kim Jülich
Donnerstag, 21:08 Uhr

Sitzungsprotokoll
Erste Lagebesprechung zum Fall »Thomas Niedlich«
Ort: *Hauptquartier des Detektivclubs*
Anwesende: *Franziska Winkler, Marie Grevenbroich, Kim Jülich*

Stimmung: *ausgesprochen gut*

Das Wichtigste zuerst: Wir haben endlich einen neuen Fall! Und was für einen! Hier kommen die Fakten: Gestern haben wir zufällig beobachtet, wie der bekannte Moderator Thomas Niedlich nach dem Casting für seine erfolgreiche Quizshow »Quiz für Kids« von zwei Männern bedroht wurde und ihnen Geld gab. Es fiel der Name »Club Monte Carlo«. Hinterher stritt Thomas Niedlich jedoch alles ab und behauptete, die Männer seien Freunde von ihm gewesen, obwohl er offensichtlich Angst vor ihnen hatte.

Personenbeschreibung der verdächtigen Personen:
Erster Mann: ca. 1,85 m groß, sehr kräftig und muskulös, kurze, blonde Haare, Boxernase, schwarze Trainingsjacke, Jeans, Turnschuhe
Zweiter Mann: ca. 1,90 m groß, ebenfalls sehr muskulös, Glatze, dunkelblaues T-Shirt mit einer großen »12« auf dem Rücken, braune Hose, schwarze Stiefel

Kein Zweifel: An der Sache ist was faul! Während der heutigen Lagebesprechung waren wir uns schnell einig, dass Thomas Niedlich gelogen hat. Die Männer waren bestimmt keine Freunde von ihm, sondern haben ihn massiv unter Druck gesetzt.
Auf folgende Fragen müssen wir so schnell wie möglich Antworten finden:
1. Wer sind die beiden Männer?
2. Warum bedrohen sie Thomas Niedlich?
3. Warum hat er ihnen Geld gegeben?
4. Warum hat er uns angelogen und den Vorfall verharmlost?
5. Wo befindet sich der »Club Monte Carlo« und was hat er mit dem Fall zu tun?
Natürlich haben wir schon verschiedene Theorien, für die uns aber leider noch die Beweise fehlen: Es könnte zum Beispiel sein, dass Thomas Niedlich erpresst wird. Immerhin ist er ein berühmter Fernsehstar und verdient jede Menge Geld. Fragt sich nur, womit man ihn erpresst. Hat er ein dunkles Geheimnis? Das müssen wir unbedingt herausbekommen!
Folgende Aufgaben wurden während der Sitzung verteilt:

***Kim:** recherchiert im Internet und sammelt Informationen über Thomas Niedlich (Werdegang, Hobbys, Vorlieben, Abneigungen, Familie, Freunde usw.). Versucht außerdem herauszufinden, wo und was der »Club Monte Carlo« ist.*
***Marie:** fragt ihren Vater nach Thomas Niedlich. Herr Grevenbroich kennt den Moderator laut Marie flüchtig von verschiedenen Preisverleihungen und TV-Galaabenden her und kann uns eventuell mit Insiderwissen versorgen.*
***Franzi:** hält während der Probe für die Quizshow am Montag*

die Augen offen und versucht, den Moderator allein zu erwischen und ihm ein bisschen auf den Zahn zu fühlen. Vielleicht zeigt er sich ja doch noch kooperativ und arbeitet mit uns zusammen. Das könnte uns eine Menge Mühe ersparen!
In der nächsten Zeit wird also viel Arbeit auf uns zukommen. Das heißt, dass ich vermutlich wieder nicht dazu kommen werde, an meinem Kriminalroman weiterzuarbeiten. So ein Mist! Wie soll der Roman jemals fertig werden, wenn ich immer so viele andere Sachen um die Ohren habe? Wenn das so weitergeht, wird der Roman irgendwann in meiner Schreibtischschublade zu Staub zerfallen und ich werde nie eine berühmte Krimiautorin! Aber das lässt sich im Moment leider nicht ändern – die Ermittlungen sind mir nun mal einfach wichtiger.

Geheimes Tagebuch von Kim Jülich
Donnerstag, 21:36 Uhr

Warnung: Lesen für Unbefugte (alle außer Kim Jülich) streng verboten!
Heute ist etwas sehr Seltsames passiert. Michi tauchte beim Casting für die Quizshow auf, und ich hatte irgendwie das Gefühl, dass er hauptsächlich meinetwegen gekommen war. Natürlich habe ich mich total darüber gefreut! Als er dann auch noch sagte, ich sei das schlauste Mädchen, das er kennt, wäre ich vor lauter Glück beinahe in Ohnmacht gefallen.
Aber dann hat Franzi angefangen, mit Michi herumzublödeln, und er ist sofort darauf eingestiegen. Die beiden haben sich über Thomas Niedlich lustig gemacht – und über mich! Plötzlich waren sie ein Herz und eine Seele und ich war außen vor. Ich kam

mir richtig überflüssig vor und Michi war auf einmal ganz weit weg. Wie kann einem ein Mensch im einen Moment so nah und im nächsten so fremd sein?
Dieser Zwischenfall hat mich total durcheinandergebracht. Einen Augenblick hatte ich sogar einen schrecklichen Verdacht. Was, wenn Michi heimlich in Franzi verliebt ist? Eigentlich passt Franzi ja viel besser zu ihm als ich. Sie ist lebhaft, frech und witzig. Wenn ich mich mit ihr vergleiche, komme ich mir richtig langweilig vor. Ob Michi das genauso geht? Oh Gott, ich darf gar nicht daran denken!
Am besten vergesse ich die Sache sofort wieder. Wahrscheinlich bilde ich mir das alles nur ein und reagiere total über. Michi und Franzi verstehen sich einfach nur gut – mehr nicht. Außerdem weiß ich ganz sicher, dass Franzi nichts von Michi will.
Oder??! Jetzt, wo ich genauer darüber nachdenke, fällt mir auf, dass ich Franzi noch nie gefragt habe, wie sie Michi findet. Vielleicht steht sie ja schon seit Ewigkeiten auf ihn und hat es mir nur nicht erzählt, weil sie meine Gefühle nicht verletzen wollte. Schließlich weiß sie, dass ich in Michi verliebt bin. Wer weiß, vielleicht treffen sich die beiden sogar heimlich, so wie Romeo und Julia …
Halt! Stopp! Jetzt geht aber deine Fantasie mit dir durch, Kim! So etwas würde Franzi doch nie machen! Schließlich ist sie deine Freundin. Reg dich wieder ab und iss ein Stück Schokolade, dann geht's dir bestimmt gleich wieder besser.

Als Franzi am Montagnachmittag um fünf nach drei die Stadthalle betrat, warteten ihre Mitschüler und Frau Pauli bereits in der Eingangshalle.

»Da bist du ja endlich!« Die Stimme von Franzis Klassenlehrerin hatte einen leicht vorwurfsvollen Unterton. »Wir haben nur noch auf dich gewartet.«
»Tut mir leid«, entschuldigte sich Franzi. »Der Bus hatte Verspätung.«
Pünktlichkeit war noch nie Franzis Stärke gewesen. Sie kam andauernd zu spät und hatte sich deshalb mit der Zeit ein reichhaltiges Repertoire an Ausreden zugelegt. Diesmal stimmte ihre Begründung aber ausnahmsweise sogar tatsächlich.
Ehe Frau Pauli mit ihrem üblichen Vortrag über die Wichtigkeit von Pünktlichkeit beginnen konnte, erschien zum Glück der Aufnahmeleiter in der Eingangshalle. Er war noch ziemlich jung, hatte kurze, braune Haare und ein sympathisches Lächeln.
»Herzlich willkommen im mobilen Studio des Fernsehsenders *Kidstime*!«, begrüßte er die Klasse. »Schön, dass ihr gekommen seid!«
»Vielen Dank für die Einladung.« Frau Pauli schüttelte dem Aufnahmeleiter die Hand. »Wir freuen uns sehr, dass wir als Teilnehmer für das Fernsehquiz ausgewählt wurden.«
»Ich heiße Paul«, stellte sich der Aufnahmeleiter vor. »Wie ihr ja sicher wisst, wird *Quiz für Kids* nicht live gesendet, sondern vorher aufgezeichnet. Wir nehmen an einem Tag mehrere Sendungen hintereinander auf. Da unser Zeitplan sehr eng ist, ist es wichtig, dass alles wie am Schnürchen klappt. Darum laden wir die Klassen vorher ins Studio ein und machen eine Probe. So könnt ihr euch schon mal mit den Räumlichkeiten vertraut machen und wisst nächste Woche genau, was ihr zu tun habt.«
Er lächelte in die Runde. »Keine Angst, es tut nicht weh!«

Er führte die Klasse ins Studio, das genauso aussah, wie Franzi es aus dem Fernsehen kannte. In der Mitte standen sich auf einer runden Fläche mit spiegelglattem Boden die beiden Quiz-Stühle gegenüber. Zwischen ihnen befand sich eine Konsole mit zwei Monitoren, auf denen während der Sendung die Fragen erschienen. Rundherum waren kreisförmige Bänke aufgebaut, die stufenweise nach oben führten.

»Hier wird nächste Woche die Aufnahme für die Sendung stattfinden«, erklärte Paul. »Ihr dürft schon mal auf den Zuschauerbänken Platz nehmen.«

Sofort stürmten alle zu den kreisförmigen Bänken und versuchten, die besten Plätze zu ergattern. Franzi setzte sich auf die oberste Stufe. Von hier aus hatte sie das gesamte Studio gut im Blick.

»Wer wird denn auf dem Quiz-Stuhl sitzen?«, fragte Paul.

Anna meldete sich. »Das bin ich.« Ihre Stimme klang dünn und piepsig. Sie schien schon wieder ziemlich aufgeregt zu sein.

»Dann komm doch bitte nach vorne und setz dich hierhin.« Der Aufnahmeleiter deutete auf den linken Stuhl und lächelte Anna aufmunternd zu. »Entspann dich, heute wird nur geprobt. Es ist völlig egal, ob du die Fragen richtig beantwortest oder nicht.«

Anna nickte und kletterte auf den Quiz-Stuhl. Paul setzte sich ihr gegenüber.

Da meldete sich Miriam, eine von Franzis Mitschülerinnen. »Kommt Thomas Niedlich heute gar nicht?« Ein paar Mädchen kicherten und Miriam lief rot an.

»Keine Sorge, Thomas schaut später bestimmt noch mal vorbei«, antwortete Paul. »Er ist noch mit den Vorbereitungen für die Show beschäftigt. Bis dahin müsst ihr leider mit mir vorliebnehmen. So, und jetzt machen wir einen kurzen Probedurchlauf. Setz bitte dein Kopfmikrofon auf, Anna.«

Plötzlich gingen die Scheinwerfer an und tauchten das Studio in gleißendes Licht. Dann begann der Aufnahmeleiter, Anna Fragen zu stellen. Franzis Klasse verfolgte gebannt die Probe. Franzi ließ währenddessen ihren Blick durchs Studio schweifen und hielt nach Thomas Niedlich Ausschau. Aber der Moderator tauchte erst auf, als die Probe schon fast zu Ende war.

»Vielen Dank, das war's für heute!«, bedankte sich der Aufnahmeleiter gerade, als Thomas Niedlich zur Studiotür hereinkam. Heute trug er nur Jeans und eine alte Trainingsjacke. Seine Haare waren ungestylt, aber an seinen Fingern blitzten wieder mehrere Ringe. Franzi fiel auf, dass er ziemlich blass war und dunkle Ringe unter den Augen hatte. Er sah aus, als hätte er in den letzten Nächten kaum ein Auge zugetan. Ob ihm der Zwischenfall mit den beiden Muskelpaketen so zu schaffen machte? Oder steckte etwas anderes dahinter?

Kaum hatte der Moderator das Studio betreten, machte sich allgemeine Unruhe in den Reihen der Mädchen bemerkbar.

»Ach, da bist du ja, Thomas«, begrüßte Paul seinen Kollegen. »Du kommst gerade noch rechtzeitig, um die Quizkandidaten der nächsten Woche zu begrüßen.«

Der Moderator knipste sein Zahnpastalächeln an, aber Franzi kam es so vor, als wäre es heute eine Spur weniger strahlend als sonst.

»Hallo, alle zusammen«, sagte er und winkte lässig. »Schön, dass ihr hier seid! Bis nächste Woche, ich freu mich schon auf

euch!« Dann drehte er sich um und wollte gehen. Franzi runzelte die Stirn. Das war aber ein kurzer Auftritt!
Franzis Mitschülerinnen schienen dasselbe zu denken. Unzufriedenes Gemurmel wurde laut.
Miriam sprang auf und rief: »Einen Augenblick noch! Könnte ich bitte ein Autogramm für meine kleine Schwester haben?«
Thomas Niedlich blieb stehen. Er sah ziemlich genervt aus. Trotzdem zwang er sich zu einem Lächeln, während er in seiner Jackentasche nach den Autogrammkarten suchte. »Na klar. Aber schnell, ich hab nicht so viel Zeit.«
Miriam holte sich mit triumphierender Miene ihre Autogrammkarte. Sofort sprangen auch einige andere Mädchen auf und stürmten auf den Moderator zu. Während er seine Autogrammkarten unter das Volk brachte, ließ Franzi ihn nicht aus den Augen. Es war nicht zu übersehen, dass er seine Fans so schnell wie möglich loswerden wollte. Offenbar hatte er heute nicht gerade seinen besten Tag. Kaum hatte er alle Mädchen mit einem Autogramm versorgt, machte er einen schnellen Abgang und ließ Franzi und ihre Mitschüler im Studio zurück.
Aber Franzi hatte nicht vor, sich so leicht abhängen zu lassen. Sie warf einen raschen Blick zu Frau Pauli hinüber, die sich gerade mit dem Aufnahmeleiter unterhielt. Alle anderen waren mit ihren Autogrammen beschäftigt oder nahmen das Studio genauer in Augenschein. Niemand achtete auf Franzi, sodass sie unbemerkt aus der Tür schlüpfen konnte. Am Ende des Ganges sah sie gerade noch, wie Thomas Niedlich um die Ecke bog. Franzi nahm die Verfolgung auf.

Streit im Studio

Der Moderator lief im Eilschritt durch die Flure der Stadthalle, bis sie einen Trakt mit Büroräumen erreichten. Dort betrat er das letzte Büro auf der rechten Seite und schloss die Tür hinter sich. Franzi schlich näher heran und las, was auf dem Zettel stand, der mit Tesafilm an der Tür befestigt war: *Thomas Niedlich – Moderator.*

Als Franzi gerade überlegte, ob sie einfach klopfen und hineingehen sollte, tauchte eine Gestalt am anderen Ende des Ganges auf und kam zügig näher. Franzi schlüpfte schnell durch eine andere Tür und versteckte sich in einer kleinen Teeküche, die zum Glück leer war. Wenn sie hier von einem Angestellten erwischt wurde, flog sie bestimmt achtkantig raus. Und sie wollte doch unbedingt mit Thomas Niedlich reden!

Durch den Türspalt beobachtete Franzi, wie eine große, schlanke Frau den Flur hinunterlief. Die Absätze ihrer knallroten, hochhackigen Riemchensandalen klapperten laut über die Fliesen. Franzi fiel auf, dass sie sorgfältig geschminkt war und sehr gut aussah. Ihre dunklen, langen Haare trug sie zu einem lockeren Knoten aufgesteckt. Irgendwie kam Franzi die Frau bekannt vor. Sie dachte angestrengt nach, aber ihr fiel einfach nicht ein, wo sie sie schon mal gesehen hatte.

Ohne anzuklopfen, betrat die Frau das Büro des Moderators. Zum Glück ließ sie die Tür geöffnet und Franzi hatte von ihrem Versteck aus einen guten Blick auf die Szenerie.

»Ich muss mit dir reden, Thomas«, sagte die Frau und baute sich vor dem Schreibtisch des Moderators auf.

Thomas Niedlich war gerade über einige Papiere gebeugt gewesen, als die Frau hereingestürmt war. Jetzt blickte er auf und stöhnte.
»Was willst du denn hier, Liz?«, fragte er. »Warum bist du nicht in Berlin?«
»Weil ich mit dir reden muss«, wiederholte die Frau. »Ich denke, wir haben noch einiges zu klären. Aber du bist ja Hals über Kopf abgehauen, ohne mir Bescheid zu sagen.«
»Von abgehauen kann ja wohl keine Rede sein.« Der Moderator erhob sich und sah Liz direkt in die Augen. »Ich bin beruflich hier, wie du weißt. Nächste Woche nehmen wir die neuen Folgen für *Quiz für Kids* auf. Außerdem bin ich dir keine Rechenschaft darüber schuldig, wo ich mich gerade aufhalte. Wir sind nicht mehr zusammen, Liz.« Seine Stimme klang eisig und sein Blick war mindestens genauso kalt.
Franzi bemerkte, wie ein Schatten über Liz' Gesicht huschte. Sie presste die Lippen aufeinander und sah aus, als würde sie jeden Moment in Tränen ausbrechen. »Du hast mich nur benutzt«, presste sie hervor. »Gib es doch wenigstens zu! Nachdem du bekommen hattest, was du wolltest, hast du mich abserviert. Und du hast noch nicht einmal den Mut aufgebracht, mir persönlich zu sagen, dass du jetzt mit einer anderen zusammen bist. Ich musste es erst aus der Boulevardpresse erfahren. Hast du eigentlich eine Ahnung, wie ich mich dabei fühle?«
Thomas Niedlich seufzte. »Du wirst bestimmt darüber hinwegkommen, Liz. Wir passen einfach nicht zusammen, kapier das doch endlich!«
Liz warf ihm einen verletzten Blick zu. Jetzt lief tatsächlich eine

einzelne Träne über ihre Wange, aber sie wischte sie nicht weg. »Weißt du was? Du bist ein richtiges Schwein, Thomas Niedlich!« Ihre Stimme zitterte. »Alle haben mich vor dir gewarnt, aber ich wollte ja nicht auf sie hören. Na warte, das wirst du mir büßen! So etwas lasse ich nicht mit mir machen!«

Der Moderator verschränkte die Arme vor der Brust. Seine Lippen waren schmal geworden. »Gehst du freiwillig oder muss ich erst den Sicherheitsdienst rufen? Langsam reicht es mir, Liz! Hör auf, so eine Show abzuziehen, und lass mich endlich in Ruhe! Erst bombardierst du mich mit SMS und E-Mails, dann quatschst du mir pausenlos meine Mailbox voll und jetzt reist du mir auch noch nach! Das geht wirklich zu weit! Fahr zurück nach Berlin und fang endlich ein neues Leben an – ohne mich.«

»Das tue ich auch, verlass dich drauf!«, zischte Liz. Ihr Gesicht war jetzt zu einer wütenden Fratze verzerrt. »Aber vorher zahle ich dir heim, was du mir angetan hast! Dann wird dir das Lachen schon vergehen!«

»Raus!« Der Moderator zeigte mit ausgestrecktem Arm auf die Tür. Er war blass geworden und zitterte nun ebenfalls vor Wut. »Verschwinde! Auf der Stelle!«

Liz schluchzte auf, dann stürzte sie aus dem Büro. Als sie, ohne nach rechts oder links zu schauen, an der Teeküche vorbeilief, sah Franzi, dass ihr Gesicht tränenverschmiert und ihr Make-up ganz zerlaufen war. Sie sah völlig verstört aus. Thomas Niedlich versetzte seiner Bürotür einen wütenden Stoß, sodass sie knallend ins Schloss fiel. Plötzlich war es wieder still auf dem Flur. Nur das immer leiser werdende Klappern von Liz' Absätzen war noch zu hören.

Franzi hatte vor Aufregung weiche Knie. Sie ließ sich auf einem Hocker neben der Kaffeemaschine nieder und versuchte, Ordnung in ihre Gedanken zu bringen, die wie wilde Hummeln durch ihren Kopf schossen. Was hatte Liz gerade gesagt, warum sie so sauer auf den Moderator war? Weil er sie abserviert hatte und jetzt mit einer anderen Frau zusammen war? Dann war sie also seine Verflossene! Und sie hatte ihm eindeutig gedroht! Was hatte sie vor? Wie wollte sie ihrem Exfreund seine Untreue heimzahlen? Franzi schloss die Augen. Sie musste sich unbedingt jedes Wort merken, das während des Streits gefallen war, damit sie Kim und Marie später davon berichten konnte. Mist! Warum hatte sie bloß das Aufnahmegerät nicht mitgenommen? Eine glasklare Tonaufnahme wäre tausendmal besser gewesen als Franzis nicht immer sehr verlässliches Gedächtnis. Aber das war jetzt nicht mehr zu ändern.

Franzi hörte Schritte auf dem Flur und sprang auf. Panik ergriff sie. Was, wenn gleich jemand in die Teeküche kam und sie entdeckte? Sie sah sich nach einem Versteck um und schlüpfte schließlich hinter die Tür. Gerade noch rechtzeitig! Eine Sekunde später betrat ein Mann die Teeküche. Paul! Franzi hielt den Atem an und bewegte keinen einzigen Muskel. Der Aufnahmeleiter durfte sie auf keinen Fall sehen!

Paul goss Wasser in den Wasserkocher, der neben der Kaffeekanne stand. Während das Wasser langsam zu kochen begann, holte er eine Tasse aus dem Schrank und hängte einen Teebeutel hinein. Zum Glück stand er mit dem Rücken zur Tür und war so damit beschäftigt, sich seinen Nachmittagstee zuzubereiten, dass er Franzi nicht bemerkte.

Es dauerte eine halbe Ewigkeit, bis das Wasser endlich sprudelnd kochte. Zumindest kam es Franzi so vor. Paul goss den Tee auf und verschwand auf dem Flur. Franzi atmete auf. Das war gerade noch mal gut gegangen! Sie verließ ihr Versteck und schlich zum Büro des Moderators. Wenn sie mit ihm reden wollte, musste sie es jetzt tun – ehe der nächste Angestellte in die Teeküche kam und sie doch noch entdeckt wurde.
Franzi hob den Arm und klopfte forsch an die Tür. Dann betrat sie das Büro, ohne eine Antwort abzuwarten.
Thomas Niedlich saß wieder hinter seinem Schreibtisch. Er zuckte zusammen, als Franzi die Tür öffnete. Vielleicht hatte er befürchtet, Liz könnte noch einmal zurückgekommen sein.
»Entschuldigen Sie die Störung«, begann Franzi höflich, bevor der Moderator etwas sagen konnte. »Haben Sie einen Moment Zeit?«
Thomas Niedlich runzelte die Stirn. »Dich kenne ich doch! Haben wir uns nicht letzte Woche beim Casting gesehen?«
Franzi nickte. »Ich bin Franziska Winkler, eine der drei !!!. Wir haben Ihnen unsere Karte gegeben, erinnern Sie sich? Ich würde Ihnen gerne noch ein paar Fragen zu dem Vorfall letzte Woche stellen und …«
»Es gibt keinen Vorfall!«, unterbrach sie Thomas Niedlich. Auf seiner Stirn hatte sich eine steile Falte gebildet. »Tu mir einen Gefallen und verschwinde, okay? Ich hab zu tun! Wie bist du überhaupt hier hereingekommen?«
»Wir haben gerade an der Probe im Studio teilgenommen«, erklärte Franzi. »Aber um noch einmal auf die beiden Män-

ner zurückzukommen, die Sie letzte Woche bedroht haben …«

Der Moderator rollte genervt mit den Augen. »Sag mal, bist du schwer von Begriff oder hörst du schlecht? Kein Mensch hat mich bedroht, klar? Und jetzt verschwinde!«

»Aber …«, begann Franzi, die sich nicht so leicht geschlagen geben wollte.

Doch da tauchte plötzlich Paul in der Tür auf. Er sah Franzi überrascht an. »He, was machst du denn hier? Den Bürotrakt dürfen nur *Kidstime*-Angestellte betreten.«

»Schaff die Göre raus, okay?«, befahl Thomas Niedlich. »Und sag dem Sicherheitspersonal, es soll die Eingänge besser im Auge behalten. Wofür werden die denn bezahlt, wenn hier jeder rein- und rausspazieren kann, wie es ihm passt. Ich kann so wirklich nicht arbeiten!«

»Tut mir leid, Thomas, wird nicht wieder vorkommen.« Der Aufnahmeleiter griff Franzi am Arm. »Und du kommst jetzt mit, Fräulein. Ich zeig dir, wo es nach draußen geht.«

Als Franzi vor dem Studio stand, atmete sie erst einmal tief durch. Zum Glück hatte Paul keinen großen Aufstand veranstaltet, sondern sie einfach zum Ausgang begleitet und sich dann von ihr verabschiedet. Von Frau Pauli und Franzis Mitschülern war nichts mehr zu sehen, wahrscheinlich waren sie schon nach Hause gefahren.

Franzi seufzte und machte sich langsam auf den Weg zur Bushaltestelle. Das Gespräch mit Thomas Niedlich war ein absoluter Reinfall gewesen. Der Typ war echt ein harter Brocken! Und sein Zahnpastalächeln setzte er offenbar nur auf,

wenn Kameras oder weibliche Fans in der Nähe waren. In Wirklichkeit schien er ein ziemlich unangenehmer Zeitgenosse zu sein.
»Hi, Franzi!« Ein Fahrrad bremste neben Franzi und Michi winkte ihr zu. »Was machst du denn für ein Gesicht? Hast du einen schlechten Tag gehabt?«
Franzi zog eine Grimasse. »Geht so. Ich komme gerade von der Probe für die Quizshow. Ich sag's dir, da war vielleicht was los ...«
»Schieß los!«, forderte Michi sie auf und stieg von seinem Fahrrad. »Habt ihr etwa einen neuen Fall?«
Franzi nickte. »Sollen wir uns ein Eis holen?« Sie zeigte auf die Eisdiele, die sich direkt neben der Bushaltestelle befand. »Mein Bus kommt sowieso erst in einer Viertelstunde. Bis dahin kann ich dir alles über unseren neuen Fall erzählen.«
»Super!« Michi lächelte ihr zu. »Ich bin schon sehr gespannt!«

Schock in der Morgenstunde

Am nächsten Morgen war Franzi wie immer spät dran. Sie flitzte in die Küche und trank im Stehen schnell einen Schluck Kakao. Die restliche Familie saß schon am Frühstückstisch, nur Stefans Platz war leer. Herr Winkler war hinter seiner Zeitung versteckt und Chrissie kaute verschlafen an einem Marmeladenbrot. Sie würdigte Franzi keines Blickes. Seit sie die Autogrammkarte bekommen hatte, war sie wieder ganz die Alte und benahm sich so zickig wie eh und je.
»Guten Morgen, mein Schatz!« Frau Winkler hielt ihrer jüngsten Tochter den Brotkorb hin. »Setz dich und iss was.«
Franzi schüttelte den Kopf. »Keine Zeit, ich bin spät dran.«
Ihre Mutter machte ein vorwurfsvolles Gesicht. »Du solltest den Tag wirklich nicht mit leerem Magen beginnen, das ist ungesund. Jetzt sag doch auch mal was, Karl, schließlich bist du Arzt!«
»Was ist los?« Herr Winkler tauchte hinter dem Wirtschaftsteil der Zeitung auf und lächelte Franzi zu. »Guten Morgen, du Schlafmütze!«
»Das Kind will schon wieder nichts essen!«, beschwerte sich Frau Winkler.
»Lass sie doch«, beruhigte Dr. Winkler seine Frau. »Das Kind ist schließlich schon ziemlich groß und kann selbst entscheiden, ob es etwas essen will oder nicht. Stimmt's?« Er zwinkerte Franzi zu.
»Genau.« Franzi zwinkerte zurück.
»Das ist mal wieder typisch!« Franzis Mutter schüttelte ärger-

lich den Kopf, aber dann musste sie doch lachen. »Immer verschwört ihr zwei euch gegen mich. Das ist nicht fair!«
»Ich esse unterwegs einen Apfel, okay?« Franzi nahm sich einen grasgrünen Apfel aus der Obstschale. Sie wollte sich gerade auf den Weg zur Bushaltestelle machen, als ihr Blick auf die Zeitung fiel, die ihr Vater auf dem Tisch abgelegt hatte, um einen Schluck Kaffee zu trinken. Die fett gedruckte Schlagzeile und das große Foto auf der ersten Seite stachen Franzi sofort ins Auge. Sie wurde blass.
»Das gibt's doch nicht!«, stieß sie hervor, schnappte sich die Zeitung und starrte ungläubig auf den Bericht.
»Was ist denn los, Schatz?«, fragte Frau Winkler besorgt. »Du machst ja ein Gesicht, als hättest du ein Gespenst gesehen!«
»Zeig mal her!« Chrissie war aus ihrer morgendlichen Trance erwacht und versuchte, Franzi die Zeitung aus der Hand zu reißen.
Doch Franzi war schneller. »Finger weg!« Sie brachte die Zeitung aus Chrissies Reichweite und riss mit einer schnellen Bewegung den Bericht heraus. »Tut mir leid, aber der Artikel ist beschlagnahmt.« Dann stürmte sie aus der Küche, ohne sich um Chrissies Protestgeschrei zu kümmern.

»Ich kann es immer noch nicht glauben«, sagte Kim, als sich die drei !!! nach der Schule zu einem von Franzi einberufenen Eiltreffen im *Café Lomo* zusammenfanden. Sie starrte auf den herausgerissenen Zeitungsartikel, den Franzi zwischen drei großen Bechern *Kakao Spezial* auf den Tisch gelegt hatte. Unter einem Foto, das den breit lächelnden Thomas Niedlich zeigte, stand:

Starmoderator entführt

Gestern Abend zwischen 18:00 und 19:00 Uhr verschwand Thomas Niedlich (28), der Moderator der bekannten Fernsehsendung *Quiz für Kids*, spurlos. Die Polizei geht von einer Entführung aus.

Niedlich, der in Berlin lebt, aber aus unserer Stadt stammt, war für einige Zeit in seine Heimat zurückgekehrt, um hier neue Folgen für seine Quizsendung aufzuzeichnen. Nach einer nachmittäglichen Studioprobe mit Schülern der Georg-Lichtenberg-Gesamtschule zog er sich in sein Büro zurück. Die Sicherheitskräfte des in der Stadthalle provisorisch errichteten Fernsehstudios berichteten, der Moderator habe gegen 18:00 Uhr das Gebäude verlassen, um sich mit seinem Aufnahmeleiter zum Abendessen in einem italienischen Restaurant in der Innenstadt zu treffen. Aber dort kam er nie an. Unbestätigten Berichten aus Polizeikreisen zufolge soll bereits gestern Abend ein anonymes Schreiben beim Geschäftsführer des Fernsehsenders *Kidstime* eingegangen sein, der die Quizshow mit Thomas Niedlich ausstrahlt. Über mögliche Lösegeldforderungen schweigt sich die Polizei aber noch aus. Der leitende Beamte, Kommissar Peters, hat für heute Mittag eine Pressekonferenz anberaumt. Im Zusammenhang mit den Ermittlungen wird nach einem etwa zwölfjährigen Mädchen mit roten Haaren gesucht, das sich gestern Nachmittag in Thomas Niedlichs Büro aufgehalten haben soll. Es wird gebeten, sich dringend bei der Polizei zu melden, um eine Zeugenaussage zu machen.

»Mich hat es auch fast umgehauen, als ich den Artikel heute Morgen in der Zeitung gesehen habe.« Franzi schob sich eine rote Haarsträhne hinter das Ohr.
Marie warf ihr einen nachdenklichen Blick zu. »Sag mal – ›ein etwa zwölfjähriges Mädchen mit roten Haaren‹, das bist doch du, oder?«
Franzi grinste. »Gut kombiniert! Ist doch irre, dass ich jetzt per Zeitungsaufruf gesucht werde, was?«
»Wir wollten Kommissar Peters ja sowieso einen Besuch abstatten«, sagte Marie. »Dann kannst du gleich deine Zeugenaussage machen. Hast du denn gestern wenigstens noch etwas herausgefunden?«
Franzi berichtete kurz, was sie nach der Probe erlebt hatte. »Diese Liz war stinksauer auf Thomas Niedlich. Ist doch ein merkwürdiger Zufall, dass sie wüste Drohungen gegen ihn ausstößt und er kurz darauf entführt wird.«
»Die Frau ist ausgesprochen verdächtig«, stimmte Marie zu. »Wir müssen sie unbedingt ausfindig machen. Du hast nicht zufällig auch ihren Nachnamen aufgeschnappt, oder?«
Franzi schüttelte bedauernd den Kopf. »Leider nicht. Was gibt's denn bei euch Neues?«
»Ich hab meinen Vater gestern ein bisschen ausgefragt«, berichtete Marie. »Er kennt Thomas Niedlich zwar nur flüchtig, hat mich aber bestens mit allen möglichen Gerüchten aus der Branche versorgt. Thomas führt angeblich ein ziemlich ausschweifendes Leben.« Marie hielt inne und trank einen Schluck Kakao, bevor sie fortfuhr. »Seit er zu Geld gekommen ist, scheint er richtiggehend im Luxus zu schwelgen. Er ist bekannt dafür, nur in den besten Hotels abzusteigen und aus-

schließlich in teuren Edelrestaurants zu speisen. Außerdem hat er eine Vorliebe für teuren Schmuck – vielleicht sind euch ja die Ringe an seinen Fingern aufgefallen. Ich sag's euch, jeder Einzelne von denen ist ein kleines Vermögen wert.«

»Wahnsinn!« Franzi schüttelte ungläubig den Kopf.

»Außerdem habe ich das hier gefunden.« Marie zog eine Zeitschrift aus ihrer Tasche und legte sie auf den Tisch. Auf der Titelseite war ein Foto des Moderators abgedruckt, das ihn in Begleitung einer jungen, blonden Frau zeigte. »Die Titelstory der neuen *Stars & Trends* befasst sich ausführlich mit Thomas Niedlichs Liebesleben. Das hier ist seine neue Freundin, ein französisches Model. Von seiner letzten Freundin hat er sich vor Kurzem getrennt.« Marie schlug die Zeitschrift auf. Der Artikel über den Moderator füllte eine ganze Doppelseite und war mit zahlreichen Fotos versehen.

»Moment mal!« Franzi stutzte und zog die Zeitschrift näher zu sich heran. »Die kenne ich doch!« Sie zeigte auf ein kleines Bild. »Das ist die Frau, die gestern in Thomas Niedlichs Büro war!«

Marie warf einen Blick auf das Foto. »Liz Sander! Natürlich!« Sie schlug sich mit der flachen Hand gegen die Stirn. »Dass ich nicht gleich darauf gekommen bin! Liz Sander ist Thomas Niedlichs Exfreundin! Sie moderiert die Videoclips bei *Kidstime* und schauspielert ab und zu ein bisschen. Vor Kurzem hatte sie eine kleine Rolle in der *Vorstadtwache*.«

Nun ging Franzi ein Licht auf. »Ach, daher kam sie mir so bekannt vor!« Franzi war ein großer Fan der *Vorstadtwache* und ließ sich kaum eine Folge entgehen. Sie hatte sich sogar die Titelmelodie der Serie als Klingelton auf ihr Handy geladen.

Franzi warf einen Blick zu Kim hinüber, die abwesend in ihre Kakaotasse starrte und noch so gut wie gar nichts gesagt hatte. Offenbar hatte sie heute ziemlich schlechte Laune. »Hallo! Erde an Kim!«, rief Franzi und wedelte mit der Hand vor Kims Gesicht herum. »Was ist denn los mit dir? Du könntest dich ruhig auch mal ein bisschen an unseren Ermittlungen beteiligen. Oder interessiert dich der Fall etwa nicht mehr?«

Kim zuckte zusammen und sah Franzi ärgerlich an. »Natürlich interessiert mich der Fall! Darum habe ich gestern auch den ganzen Nachmittag im Internet recherchiert, während du dich offenbar blendend amüsiert hast.«

Franzi runzelte die Stirn. »Was soll das denn heißen? Meinst du die Probe? So amüsant war die nun auch wieder nicht.«

»Nein, die Probe habe ich nicht gemeint.« Kim durchbohrte Franzi mit einem vorwurfsvollen Blick, dann seufzte sie und winkte ab. »Vergiss es, okay?«

Ehe Franzi nachhaken konnte, mischte sich Marie ein. »Hast du etwas über diesen mysteriösen ›Club Monte Carlo‹ herausgefunden?«

Kim nickte. »Der ›Club Monte Carlo‹ ist eine Bar in der Innenstadt. Die Homepage gibt nicht viel her, aber ich bin gestern nach meiner Internetrecherche dort vorbeigejoggt. Leider war nicht viel zu sehen. Der Club hatte noch geschlossen und alles war verrammelt.«

»Wir sollten uns den Laden auf jeden Fall genauer ansehen«, schlug Marie vor und Kim nickte.

Franzi blätterte währenddessen in der *Stars & Trends*. »Seht mal, hier ist noch ein Artikel, der mit Thomas Niedlich zu tun hat!« Dann las sie laut vor:

Starmoderator lässt Bruder im Stich

Thomas Niedlich (28), Moderator der erfolgreichen Fernsehsendung *Quiz für Kids* und bekannt für seinen Hang zum Luxus, hat Streit mit seinem Bruder. Der Künstler Theo Niedlich hat seit einiger Zeit mit finanziellen Problemen zu kämpfen. Er musste seine Wohnung verkaufen und fristet seitdem ein trauriges Dasein in einem Wohnwagen. *»Der Campingplatz am Fluss ist jetzt mein Zuhause«*, so der 33-Jährige. »Ich habe Thomas um Hilfe gebeten, aber er hat sich geweigert, mich zu unterstützen. Ich bin am Ende.« Sollte der millionenschwere Moderator seinen verarmten Bruder tatsächlich einfach im Stich gelassen haben? Leider war Thomas Niedlich für eine Stellungnahme nicht zu erreichen.

»Das ist ja ein Ding!« Kim schüttelte fassungslos den Kopf. »Dieser Thomas Niedlich scheint wirklich mehr Feinde als Freunde zu haben.«
Marie nickte. »Den Eindruck habe ich auch. Die Liste mit den Verdächtigen wird immer länger. Den Bruder sollten wir unbedingt auch unter die Lupe nehmen.«
»Stimmt.« Franzi trank ihren Kakao aus. »Er hat ein ziemlich gutes Motiv. Erstens braucht er dringend Geld, und zweitens ist er bestimmt total sauer auf seinen Bruder, weil er ihm nicht helfen will.«
Kim holte das Detektivtagebuch heraus und zückte ihren Kugelschreiber. »Dann lasst uns mal die Aufgaben verteilen.

Je eher wir loslegen, desto schneller haben wir erste Ergebnisse.«

Detektivtagebuch von Kim Jülich
Dienstag, 19:10 Uhr

Sitzungsprotokoll:
Eiltreffen des Detektivclubs

Ort: *Café Lomo*
Anwesende: *Franziska Winkler, Marie Grevenbroich, Kim Jülich*
Der Fall hat eine komplett neue Wendung genommen: Thomas Niedlich ist entführt worden! Und unsere Recherchen haben gleich mehrere Verdächtige zutage gefördert. Wir müssen äußerst systematisch vorgehen, wenn wir diesen Fall lösen wollen. Darum haben wir eine Aufgabenliste erstellt, die wir Punkt für Punkt abarbeiten werden:
1. Treffen mit Kommissar Peters.
2. Befragung von Liz Sander. Marie wird sich um einen Termin mit ihr kümmern.
3. Den »Club Monte Carlo« unter die Lupe nehmen und herausfinden, welche Verbindung zwischen der Bar und Thomas Niedlich besteht.
4. Herausfinden, wer die beiden Muskelpakete sind, die Thomas Niedlich bedroht haben (in dem Punkt sind wir bisher leider noch keinen Schritt weitergekommen).
5. Theo Niedlich aufspüren und ihm eventuell auf dem Campingplatz einen Besuch abstatten.

Geheimes Tagebuch von Kim Jülich
Dienstag, 19:30 Uhr

Etwas Furchtbares ist geschehen! Ich bin immer noch so schockiert, dass ich es kaum niederschreiben kann. Denn wenn es schwarz auf weiß vor mir auf dem Papier steht, gibt es keinen Zweifel mehr, dass es wirklich passiert ist. Mein Verdacht hat sich bestätigt. Michi und Franzi treffen sich heimlich hinter meinem Rücken! Ich habe sie gestern zufällig beim Joggen gesehen. Sie saßen vor der Eisdiele und waren so ins Gespräch vertieft, dass sie mich gar nicht bemerkt haben. Erst wollte ich einfach zu ihnen gehen, aber irgendetwas hat mich zurückgehalten. Die beiden wirkten so vertraut miteinander. Sie redeten und lachten und schienen sich blendend zu verstehen. Ich bin mir sicher, dass das mehr war als nur ein harmloses Treffen. Warum sonst hätte Franzi es Marie und mir gegenüber mit keinem Wort erwähnt? Sie will es geheim halten, ganz klar. Und warum? Weil sie in Michi verliebt ist. Und er in sie. Es gibt keine andere Erklärung. Die beiden sind ein Paar!
Ich bin so sauer auf Franzi, dass ich mich heute total zurückhalten musste, um ihr nicht an die Gurgel zu springen. Wie kann sie mir das nur antun? Sie weiß doch, dass ich in Michi verliebt bin! Andererseits ist gegen Gefühle kein Kraut gewachsen. Aber dass sie mir nicht die Wahrheit sagt, nehme ich ihr wirklich übel. Schließlich sind wir Freundinnen! Zumindest dachte ich das immer.
Ob ich sie darauf ansprechen soll, dass ich sie mit Michi gesehen habe? Nein, das schaffe ich nicht. Erst muss ich ein bisschen Ordnung in das Chaos meiner Gefühle bringen. Außerdem müsste

eigentlich Franzi auf mich zukommen und nicht umgekehrt. Genau, ich warte einfach, bis sie mich auf die Sache anspricht. Früher oder später muss sie schließlich die Karten auf den Tisch legen, wenn sie nicht bis in alle Ewigkeiten eine heimliche Beziehung mit Michi führen will. Und bis dahin werde ich versuchen, irgendwie mit der Situation zu leben.
Mist, Mist, Mist! Warum musste das nur passieren? Wie soll ich jemals damit klarkommen, dass meine beste Freundin mit meiner großen Liebe zusammen ist? Ich habe schon versucht, meinen Kummer mit einer extragroßen Nussschokolade zu betäuben. Hat leider nicht so richtig funktioniert. Bin immer noch total verzweifelt.
Am besten, ich konzentriere mich jetzt ganz auf den Fall. Ablenkung ist alles! Das Leben muss schließlich weitergehen. Irgendwie …

Interessante Gespräche

»Wie bitte?« Kommissar Peters sah Franzi verblüfft an. »Du bist die Zeugin, die wir über die Zeitung gesucht haben?«
Franzi grinste. »Das hätten Sie nicht gedacht, was?«
Der Kommissar lehnte sich in seinem Schreibtischstuhl zurück. »Nein, darauf wäre ich wirklich nicht gekommen.« Er zwinkerte den drei !!! zu, die ihm gegenübersaßen und gespannt seine Reaktion beobachteten. »Dabei hätte ich mir ja eigentlich denken können, dass ihr irgendwie in der Sache drinsteckt. Verbrechen scheinen euch ja anzuziehen wie der Honig die Bienen.« Dann wurde er ernst. »Aber eins sage ich euch gleich: Dieser Fall ist eine Nummer zu groß für euch. Ich rate euch dringend, die Finger davonzulassen.«
Marie runzelte die Stirn. »Jetzt hören Sie sich doch erst mal an, was wir herausgefunden haben.«
Der Kommissar nickte. »Also gut, schießt los.«
Franzi, Kim und Marie berichteten abwechselnd von den Ereignissen der letzten Tage. Kommissar Peters hörte interessiert zu und machte sich ab und zu ein paar Notizen.
»Wir glauben, dass entweder Liz Sander, Theo Niedlich oder die Muskelmänner für die Entführung verantwortlich sind«, fasste Franzi ihre bisherigen Ergebnisse zusammen.
»Könnt ihr mir eine Personenbeschreibung der Männer geben, die Thomas Niedlich bedroht haben?«, fragte der Kommissar.
Kim zückte ihr Detektivtagebuch und las vor, was sie zu den beiden Verdächtigen notiert hatte.

»Prima.« Der Kommissar nickte ihr zu. »Vielen Dank für die Informationen. Wir werden alles genau prüfen.«
»Gibt es denn schon eine Lösegeldforderung?«, fragte Marie gespannt.
»Dazu kann ich euch leider nichts sagen«, antwortete der Kommissar knapp.
»Haben sich die Erpresser inzwischen wegen einer Lösegeldübergabe gemeldet?«, wollte Kim wissen.
Und Franzi fragte: »Gibt es irgendein Lebenszeichen von Thomas Niedlich?«
Der Kommissar hob abwehrend die Hände. »Kein Kommentar! Ihr seid ja schlimmer als die Leute von der Presse! Die haben sich natürlich sofort wie die Aasgeier auf den Fall gestürzt. Ich kann euch nichts über die laufenden Ermittlungen sagen, das wisst ihr ganz genau.« Er stand auf. »Tut mir leid, ich muss euch jetzt leider rauswerfen. Gleich beginnt die Pressekonferenz.«
Franzi machte ein enttäuschtes Gesicht. Sie hatte mehr von dem Treffen mit dem Kommissar erwartet. Warum gab er ihnen nicht wenigstens einen klitzekleinen Hinweis, an welcher Spur die Polizei gerade arbeitete? Schließlich hatten sie auch mit offenen Karten gespielt und ihm all ihre Ermittlungsergebnisse zur Verfügung gestellt.
»Dürfen wir mit zur Pressekonferenz?«, fragte Marie.
Der Kommissar schüttelte den Kopf. »Das geht nicht. Die Konferenz ist nur für Vertreter der Presse, da kann ich keine Ausnahme machen.« Er begleitete die Mädchen zur Tür. »Vielen Dank für eure Informationen. Ich weiß eure Hilfe wirklich zu schätzen. Aber ich sage es noch mal: Überlasst die-

sen Fall ab jetzt der Polizei! Das ist nichts für euch. Eine Entführung ist eine ernste Angelegenheit und kein Kinderspiel, klar?«

Franzi warf ihm einen wütenden Blick zu und verkniff sich einen Kommentar. Es ärgerte sie, dass der Kommissar sie wie kleine Kinder behandelte. Dabei hatten die drei !!! ihre kriminalistischen Fähigkeiten doch schon mehr als einmal unter Beweis gestellt!

Kommissar Peters lächelte besänftigend. »Jetzt schaut mich doch nicht so böse an! Ich will nur verhindern, dass ihr euch in Gefahr begebt.«

»Vielen Dank, wir wissen Ihre Sorge zu schätzen«, sagte Marie steif und ging hinter Kim und Franzi aus dem Büro.

Die drei !!! verließen schweigend das Polizeipräsidium. Erst als sie wieder draußen auf der Straße standen, machten sie ihrem Ärger Luft.

»Das gibt's doch nicht!«, schimpfte Marie. »Kommissar Peters hat uns wie blutige Anfänger behandelt!«

»Wir liefern ihm Informationen und er schweigt wie ein Grab – das ist echt ungerecht!«, ereiferte sich Franzi. »Und dann will er uns auch noch verbieten, weiter an dem Fall zu arbeiten. Dabei waren wir schon an der Sache dran, als die Entführung noch gar nicht passiert war!«

Kim machte ein entschlossenes Gesicht. »Ich bin dafür, dass wir trotzdem weiterermitteln. Wir dürfen uns diesen Fall nicht so einfach wegnehmen lassen!«

Marie nickte. »Das sehe ich genauso. Und wir sollten mit Liz Sander anfangen. Wenn wir Glück haben, ist sie noch in der Stadt, dann können wir sie um ein Gespräch bitten.«

»Meinst du denn, sie trifft sich mit uns?«, fragte Franzi. »Schließlich ist sie ziemlich berühmt.«
»Lass mich nur machen.« Marie lächelte siegessicher. »Sie kennt meinen Vater von den Dreharbeiten zur *Vorstadtwache*, das ist ein prima Türöffner. Ich erzähle ihr einfach, dass wir ein Interview für unsere Schülerzeitung mit ihr machen wollen. Dagegen kann sie eigentlich nichts einzuwenden haben.«
Franzi grinste. »Stimmt, klingt total harmlos. Vor unserem Interview sollten wir aber unbedingt noch mit den Sicherheitsleuten der Fernsehfirma reden. Vielleicht haben sie ja irgendetwas beobachtet, was uns weiterhilft.«
»Gute Idee.« Marie sah auf die Uhr. »Aber ich hab jetzt leider keine Zeit mehr. Gleich fängt meine Aerobic-Stunde an.«
Franzi sah zu Kim hinüber. »Was ist mit dir? Kommst du mit?«
Kim wich Franzis Blick aus und schüttelte den Kopf. »Ich muss nach Hause. Wir schreiben morgen Mathe, und ich hab meiner Mutter versprochen, vorher noch ordentlich zu lernen.«
Franzi grinste. »Da kommt mal wieder die Streberin in dir durch«, zog sie Kim auf. »Ich schreibe morgen Englisch, aber von so einer blöden Arbeit lasse ich mich bestimmt nicht von unseren Ermittlungen abhalten.«
»Na und? Ich bin eben anders als du!«, zischte Kim. Sie sah plötzlich richtig wütend aus und Franzi zuckte zurück.
»Ist ja schon gut!« Franzi runzelte ärgerlich die Stirn. »Deshalb musst du mich doch nicht gleich so anfahren! Dann befrage ich die Sicherheitsleute eben alleine.«

Sie verabschiedete sich von ihren Freundinnen und machte sich leicht genervt auf den Weg zur Stadthalle. Warum war Kim in letzter Zeit bloß immer so empfindlich? Manchmal fragte sie sich wirklich, was im Kopf ihrer Freundin vorging …

Das Treffen mit Liz Sander kam bereits am nächsten Tag zustande.
»Wahnsinn, dass es so schnell geklappt hat«, sagte Kim, als sich die drei !!! auf den Weg zum *Café Lomo* machten, wo sie sich mit der jungen Moderatorin verabredet hatten. »Wie hast du das denn hingekriegt, Marie?«
Marie grinste. »Ich hab eben meinen Charme spielen lassen. Als Liz gehört hat, dass ich die Tochter von Helmut Grevenbroich bin, war sie gleich total freundlich. Dann hab ich ihr noch erzählt, dass wir morgen Redaktionsschluss für die nächste Ausgabe unsere Schülerzeitung haben, und die Sache war geritzt.«
Franzi hatte gar nicht richtig zugehört, weil sie nur auf eine Gelegenheit wartete, den anderen endlich von ihrer gestrigen Befragung erzählen zu können. »Wollt ihr wissen, was meine Unterhaltung mit dem Sicherheitspersonal ergeben hat?«, fragte sie und sah Kim und Marie erwartungsvoll an.
»Na klar.« Marie blieb an einer roten Fußgängerampel stehen. »Schieß los!«
»Also, ich hab mich mit einem Typ unterhalten, der gerade am Hintereingang Wache schob«, begann Franzi. »Erst wollte er nicht so richtig mit der Sprache herausrücken. Ihr wisst schon – Schweigepflicht und so. Aber dann hab ich ihn nach

Liz Sander gefragt und da ist er plötzlich richtig gesprächig geworden.«
»Warum das denn?«, fragte Kim.
Die Ampel sprang auf Grün um und die Mädchen überquerten die Straße.
»Weil er ein großer Fan von ihr ist«, erklärte Franzi. »Darum ist sie ihm auch gleich aufgefallen. Offenbar ist sie in den letzten Tagen öfter um die Stadthalle herumgeschlichen. Hineingetraut hat sie sich aber nicht. Bis zu dem Tag, an dem Thomas Niedlich entführt wurde. Der Wachmann sagte, sie habe das Gebäude in völlig aufgelöstem Zustand gegen halb sechs verlassen.«
»Hat er gesehen, in welche Richtung sie gegangen ist?«, wollte Marie wissen.
Franzi schüttelte den Kopf. »Leider nicht. Aber jetzt kommt der Hammer!« Sie sah ihre Freundinnen mit vor Aufregung glitzernden Augen an. »Als Thomas Niedlich eine halbe Stunde später aus dem Studio kam und in sein Auto steigen wollte, musste er feststellen, dass ihm jemand die Reifen zerstochen hatte! Alle vier!«
»Was?«, rief Marie überrascht. »Und dann?«
»Thomas Niedlich hat sofort die Wachmänner alarmiert, aber sie hatten nichts Verdächtiges beobachtet«, fuhr Franzi fort. »Von ihrem Standort aus können sie den Parkplatz nicht einsehen. Aber sie haben natürlich die Polizei alarmiert.«
»Und Thomas Niedlich?«, fragte Kim.
»War total sauer und ist zu Fuß losgegangen, bevor die Polizei eingetroffen ist«, sagte Franzi. »Und seitdem hat ihn niemand mehr gesehen.«

»Bis auf seine Entführer«, fügte Marie mit düsterer Miene hinzu.
»Ob diese Liz seine Reifen zerstochen hat?«, überlegte Kim.
»Das werden wir hoffentlich gleich herausfinden.« Franzi stieß die Tür zum *Café Lomo* auf und die drei !!! gingen hinein.
Das Café war halb leer und Franzi entdeckte Liz Sander sofort. Kein Zweifel – das war die Frau, die sie vor einigen Tagen in Thomas Niedlichs Büro gesehen hatte. Sie saß an einem Ecktisch und las Zeitung. Trotz des im Raum herrschenden Dämmerlichts trug sie eine dunkle Sonnenbrille.
Marie ging auf sie zu und setzte ihr liebenswürdigstes Gesicht auf. »Guten Tag, Frau Sander! Ich bin Marie Grevenbroich, wir haben telefoniert.«
Liz Sander sah auf und lächelte. »Hallo, freut mich, dich kennenzulernen.« Sie schob ihre Sonnenbrille hoch und musterte Marie. »Du siehst deinem Vater wirklich sehr ähnlich.«
»Ich soll Sie herzlich von ihm grüßen«, sagte Marie, auch wenn das nicht ganz der Wahrheit entsprach. Genau genommen wusste Herr Grevenbroich gar nichts von dem Treffen. »Und das sind meine Freundinnen Kim und Franzi.«
»Hallo.« Liz Sander nickte den Mädchen zu. »Setzt euch doch. Und nennt mich bitte Liz. Dann komme ich mir nicht so alt vor.« Sie lächelte kokett.
Die drei !!! nahmen Platz. Liz Sander winkte der Bedienung und die Mädchen bestellten dreimal ihr Lieblingsgetränk, *Kakao Spezial* mit Sahne. Marie holte einen Notizblock heraus und zückte ihren Kugelschreiber, um wie eine echte Schülerreporterin zu wirken.

»Vielen Dank, dass du dir Zeit für uns genommen hast«, begann sie das Interview. »Das ist wirklich sehr nett von dir.«
Liz lächelte. »Kein Problem, das mache ich doch gerne. Dann schießt mal los. Sicher habt ihr viele Fragen an mich.«
»Wie wird man eigentlich Moderatorin?«, wollte Franzi wissen. Sie hielt es für das Beste, zunächst mit harmlosen Fragen zu beginnen und dann langsam auf das eigentliche Thema – Liz' Beziehung zu Thomas Niedlich – zuzusteuern.
»Es fing alles damit an, dass ich vor drei Jahren in einer Diskothek angesprochen wurde«, erzählte Liz Sander. »Ich wurde gefragt, ob ich nicht an einem Casting teilnehmen wollte, und das habe ich dann auch gemacht …«
Während die Moderatorin ausführlich von ihrem Werdegang berichtete, legte sich Franzi schon die nächste Frage zurecht.
»Wie kommst du denn mit deiner Berühmtheit zurecht?«, fragte sie, nachdem Liz Sander geendet hatte. »Ist es nicht sehr schwer, Freundschaften zu schließen, wenn man berühmt ist? Oder eine Beziehung zu führen?«
Ein Schatten huschte über das Gesicht der Moderatorin. »Ja. Manchmal ist es wirklich nicht leicht. Man weiß nie, wem man vertrauen kann und wer einen nur ausnutzen will.«
»Ist dir das schon mal passiert?«, hakte Kim nach. »Dass dich jemand ausgenutzt hat, meine ich?«
Liz Sander nickte. »Allerdings. Keine schöne Erfahrung, das kann ich euch sagen.« Sie lächelte etwas gezwungen. »Lasst uns lieber über etwas Angenehmeres sprechen.«
»Wie sieht's denn mit der Liebe aus?«, fragte Marie und schlug einen vertraulichen Tonfall an. »Bist du immer noch

mit Thomas Niedlich glücklich? Es muss einfach toll sein, mit so einem Traumtypen zusammen zu sein!«

Liz Sander seufzte. »Habt ihr es noch gar nicht gelesen? Es stand doch groß und breit in der Presse. Thomas und ich sind nicht mehr zusammen.«

»Was?« Marie riss in gespielter Überraschung die Augen auf. »Aber warum denn nicht?«

»Dazu möchte ich lieber nichts sagen«, erklärte Liz bestimmt. »Nur so viel, dass ich froh bin, dass es vorbei ist. Die Beziehung mit Thomas war ein absolutes Fiasko.«

»Du bist nicht besonders gut auf ihn zu sprechen, was?« Kim machte ein teilnahmsvolles Gesicht. »Hast du dich hier in der Stadt noch mal mit ihm getroffen?«

»Ja, ich wollte mit ihm reden, aber das war leider nicht möglich.« Liz lachte bitter auf. »Ich habe mich vollkommen lächerlich gemacht.«

»Dann weißt du ja sicher auch, dass dein Exfreund vor einigen Tagen hier in der Stadt entführt worden ist, oder?« Franzi warf einen Blick auf die Zeitung, die vor Liz auf dem Tisch lag. Liz hatte offensichtlich gerade einen Artikel über die Entführung gelesen.

Liz nickte. »Ja, ich bin sogar von der Polizei deswegen befragt worden.«

»Warum denn das?«, wollte Kim wissen. »Wirst du etwa verdächtigt?«

Liz schüttelte den Kopf. »Nein, das glaube ich nicht. Der Kommissar wollte nur alles Mögliche über Thomas wissen. Nachdem ich seine Fragen beantwortet hatte, durfte ich wieder gehen.«

»Sicher machst du dir große Sorgen um Thomas Niedlich, oder?« Franzi trank einen Schluck von ihrem Kakao. »Immerhin habt ihr euch einmal sehr nahegestanden.«
Liz' Gesichtsausdruck wurde plötzlich hart. »Ehrlich gesagt hält sich mein Mitgefühl sehr in Grenzen. Vielleicht bringt diese Erfahrung Thomas ja dazu, einmal gründlich über sein Leben nachzudenken – und darüber, wie man mit seinen Mitmenschen umgehen sollte und wie nicht.«
»Du siehst seine Entführung also gewissermaßen als eine Erziehungsmaßnahme?«, fragte Franzi erstaunt.
»Ja, vielleicht.« Liz lächelte leicht. »Und als ein Zeichen dafür, dass es offenbar doch noch so etwas wie ausgleichende Gerechtigkeit gibt.«
Die drei !!! sahen sich an. Ob Liz bewusst war, wie verdächtig sie sich mit solchen Aussagen machte? Franzi beschloss, aufs Ganze zu gehen.
»Wusstest du, dass Thomas Niedlichs Autoreifen zerstochen wurden?«, fragte sie und sah die Moderatorin scharf an. »Und zwar am Tag seiner Entführung.«
Franzi hätte schwören können, dass Liz Sander unter ihrem sorgfältig aufgetragenen Make-up blass wurde. Das Lächeln verschwand von ihrem Gesicht und auf ihrer Stirn erschien eine ärgerliche Falte.
»Was soll diese Frage? Wollt ihr mir etwa unterstellen, ich hätte etwas mit den zerstochenen Reifen zu tun?«
»Du weißt also davon«, stellte Marie fest. »Woher eigentlich?«
Liz setzte ihre Sonnenbrille wieder auf, griff nach ihrer Handtasche und erhob sich. »Das brauche ich mir wirklich nicht

bieten zu lassen! Ich bin euch keine Rechenschaft schuldig. Außerdem muss ich jetzt los, ich habe heute noch andere Termine.« Dann rauschte sie aus dem Café, ohne die drei !!! noch eines weiteren Blickes zu würdigen.
Franzi sah ihr verblüfft nach. »Na, das war ja wirklich ein schneller Abgang.«
Marie nickte. »Allerdings. Auf die Sache mit den zerstochenen Reifen hat sie total allergisch reagiert.«
»Ich bin mir sicher, dass Liz die Reifen aus Rache zerstochen hat«, sagte Franzi. »Und wenn sie zu so etwas fähig ist, hat sie ja vielleicht auch bei der Entführung ihre Finger im Spiel.«
Kim schüttelte den Kopf. »Das glaube ich nicht. Traut ihr Liz wirklich zu, dass sie jemanden entführt? Wie soll sie das denn angestellt haben? Thomas Niedlich ist schließlich viel größer und kräftiger als sie. Sie würde es nie schaffen, ihn gegen seinen Willen irgendwohin zu verschleppen.«
»Vielleicht hatte sie ja Helfer«, überlegte Franzi. »Sie könnte jemanden engagiert haben, der ihren Exfreund für sie entführt. Und weil man einen Fußgänger besser überwältigen kann als einen Autofahrer, hat sie vorher seine Reifen zerstochen.«
»Möglich wäre das schon«, sagte Marie. »Aber wir haben leider keine Beweise. Noch nicht zumindest. Wir sollten Liz unbedingt im Auge behalten. Sie hat mir am Telefon erzählt, dass sie im Parkhotel abgestiegen ist. Wenn wir Glück haben, macht sie irgendwann einen Fehler und verrät sich.«
»Aber wir dürfen auch die anderen Spuren nicht vernachlässigen«, sagte Kim. »Wenn wir den Fall lösen wollen, müssen wir möglichst breit ermitteln.« Sie holte das Detektivtage-

buch hervor. »Der nächste Punkt auf unserer Liste ist der ›Club Monte Carlo‹. Irgendwelche Vorschläge, wie wir den Laden unauffällig unter die Lupe nehmen können?«

Eine Weile herrschte Stille am Tisch, während die drei !!! angestrengt über das Problem nachdachten.

Plötzlich erschien ein breites Grinsen auf Maries Gesicht. »Ich glaube, ich weiß was!« Sie beugte sich vor und begann, ihren Freundinnen ihre Idee zu erklären.

Undercover im »Club Monte Carlo«

»Wie sehe ich aus?« Marie warf einen kritischen Blick in ihren Taschenspiegel und zog sich schnell noch einmal die Lippen nach. Mit dem auffälligen Make-up und der Hochsteckfrisur wirkte sie wesentlich älter, als sie tatsächlich war. Außerdem trug sie ein Abendkleid aus schwarzer Seide und hochhackige Schuhe.

»Du siehst einfach umwerfend aus«, sagte Michi bewundernd.

»Und du gehst mindestens für fünfundzwanzig durch«, fügte Franzi hinzu.

Kim sagte nichts, sondern wühlte mit verbissenem Gesichtsausdruck in ihrem Rucksack. Marie runzelte die Stirn. Was hatte sie denn jetzt schon wieder? Ihr war schon mehrmals aufgefallen, dass Kim in letzter Zeit ziemlich still war. Außerdem ging sie ungewöhnlich schnell an die Decke. Vor allem Franzi hatte sie ein paarmal wegen irgendwelcher Kleinigkeiten total angeschnauzt. Völlig ungerechtfertigt! Ob Kim Liebeskummer hatte? Vielleicht passte es ihr ja nicht, dass Marie vorgeschlagen hatte, Michi als Verstärkung in den »Club Monte Carlo« mitzunehmen. Aber ein Pärchen war schließlich viel unauffälliger als eine Frau ohne Begleitung.

Marie seufzte. Sie hatte jetzt keine Zeit, sich noch länger Gedanken um Kims Gefühlsleben zu machen. Sie musste sich auf ihren Einsatz konzentrieren.

»Bist du bereit?«, fragte sie Michi.

Michi zupfte an dem hellen Jackett herum, das Marie ihm mitgebracht hatte. Es gehörte ihrem Vater – genauso wie das dunkelblaue Hemd, das er unter dem Jackett trug, und die gestreifte Krawatte um seinen Hals.

»Von mir aus kann's losgehen.« Michi strich sich nervös die Haare aus der Stirn. »Glaubst du wirklich, die lassen uns rein? In den Club darf man schließlich erst ab achtzehn.«

Marie machte eine wegwerfende Handbewegung. »Keine Sorge, wir schaffen das schon. Alles eine Frage des richtigen Auftretens.« Dass sie ebenfalls ziemlich aufgeregt war, wollte sie sich auf keinen Fall anmerken lassen.

Kim drückte ihr das Aufnahmegerät in die Hand. »Hier, ich habe es schon eingeschaltet.«

»Danke.« Marie steckte das Gerät in ihre mit silbernen Pailletten bestickte Abendhandtasche. Dann hakte sie sich bei Michi ein. »Auf geht's!«

»Viel Glück!« Franzi hielt beide Fäuste hoch. »Ich drück euch die Daumen!«

Während Marie an Michis Seite die Straße überquerte, klopfte ihr das Herz bis zum Hals. Was, wenn ihre Aufmachung den Türsteher doch nicht überzeugte und sie nach ihren Ausweisen gefragt wurden?

Marie atmete einmal tief durch und versuchte, sich ganz auf ihre Rolle zu konzentrieren. Sie war jetzt nicht mehr die Schülerin Marie Grevenbroich, sondern eine erfolgreiche und gut aussehende junge Frau mit viel Geld, die mit ihrem Freund einen netten Abend verbringen wollte.

Vor dem »Club Monte Carlo« standen zwei Türsteher und kontrollierten die Gäste. Als Marie näher kam, erkannte sie

die Männer. Vor Überraschung hätte sie fast laut aufgeschrien. Kein Zweifel – das waren die beiden Muskelpakete, die Thomas Niedlich bedroht hatten!
Der eine hatte sich mit verschränkten Armen vor der Tür aufgebaut und brummte: »Eintritt nur für Stammgäste!«
Marie verzog ihren dunkelrot geschminkten Mund zu einem strahlenden Lächeln. »Aber wir sind doch Stammgäste!«
»Tatsächlich?« Das Muskelpaket musterte sie abschätzig. »Und wie kommt's dann, dass ich euch noch nie hier gesehen habe?«
Marie zuckte mit den Schultern. »Keine Ahnung! Vielleicht haben Sie nicht richtig aufgepasst. Das letzte Mal waren wir mit Thomas Niedlich und seiner damaligen Freundin hier.« Sie wandte sich an Michi. »Wie hieß sie doch gleich?«
»Liz«, sagte Michi, den die drei !!! vor seinem Einsatz über die neuesten Ermittlungsergebnisse informiert hatten. Seine Stimme klang etwas heiser, aber er hielt sich wacker. »Sie hieß Liz Sander.«
»Ach ja, richtig!« Marie lachte glockenhell. »Ich schaffe es einfach nicht, mir all die Namen zu merken, so oft, wie Thomas seine Freundinnen wechselt. Wir kennen uns noch aus der Schule, wissen Sie. Thomas und ich sind auf dem Heinrich-Heine-Gymnasium in dieselbe Klasse gegangen. Er hat immer von mir abgeschrieben. Ach ja, das waren noch Zeiten …« Während Marie munter drauflosplauderte, hatte sich hinter ihr und Michi eine lange Schlange gebildet. Es war Freitagabend und eine Menge Leute wollten die Woche bei einem Glas Champagner im »Club Monte Carlo« ausklingen lassen.

»Na gut, geht schon rein, bevor ihr noch den ganzen Verkehr aufhaltet«, sagte der Türsteher ungeduldig. Er trat zur Seite und ließ Marie und Michi durch.

Marie atmete erleichtert auf und wischte sich unauffällig den Schweiß von der Stirn, während sie hinter Michi durch einen langen Gang in den eigentlichen Club ging. Sie hatten es tatsächlich geschafft!

Der »Club Monte Carlo« war nicht besonders groß. Er bestand aus einem verschachtelten Raum mit einer Theke und mehreren Sitzecken, die in verträumten Nischen untergebracht waren. An sämtlichen Tischen saßen bereits gut gekleidete junge Leute, die alle so aussahen, als hätten sie das Wort »Geldprobleme« noch nie gehört.

Marie und Michi blieben kurz an der Tür stehen und sahen sich um.

»An der Theke ist noch Platz«, sagte Marie und ging entschlossen auf zwei freie Barhocker zu.

»Mann, ist das ein Schickimicki-Laden!«, murmelte Michi, nachdem sie sich auf den Barhockern niedergelassen hatten. »Ich fühle mich total fehl am Platz.«

»Versuch einfach so auszusehen, als würdest du ständig in solche Läden gehen«, raunte Marie ihm zu.

In diesem Moment wurde der Barkeeper auf sie aufmerksam. »Hallo! Wisst ihr schon, was ihr trinken wollt?«

Marie ließ ihren Blick schnell über die Tische gleiten. Auf den meisten standen Champagnergläser oder Cocktails in Neonfarben. Wahrscheinlich kostete ein Getränk hier so viel wie im *Café Lomo* die gesamte Getränkekarte. Gut, dass Marie reichlich Geld eingesteckt hatte. Da ihr Vater sehr großzügig war, hatte sie immer genug Taschengeld zur Verfügung, was den drei !!! schon häufiger bei ihren Ermittlungen zugutegekommen war.

»Äh – ich hätte gerne einen trockenen Martini«, sagte Marie. Das bestellte ihr Vater immer, wenn er Marie abends zum Essen ausführte. Natürlich hatte sie nicht vor, den Martini wirklich zu trinken. Aber sie musste schließlich ihre Tarnung aufrechterhalten. Während der Barkeeper eine Flasche aus dem Regal nahm, versuchte Marie, eine Unterhaltung mit ihm anzufangen.

»Noch nicht allzu viel los heute, was?«, fragte sie und stützte sich mit dem Ellbogen auf der Theke ab.

Der Barkeeper schüttelte den Kopf. »Nein, meistens wird es erst ab Mitternacht so richtig voll.«

»Ich hab gehört, dass Thomas Niedlich auch öfter hier sein soll«, sagte Marie beiläufig. »Stimmt das?«

»Kann man so sagen.« Der Barkeeper stellte den Martini vor Marie auf die Theke. »Das ›Monte Carlo‹ ist sozusagen seine Stammkneipe.«

»Tatsächlich?« Marie machte ein beeindrucktes Gesicht. »Kein Wunder, dass der Laden so angesagt ist, wenn hier echte Stars ein und aus gehen. Dann kennst du Thomas Niedlich also persönlich?«

Der Barkeeper grinste. »Na klar! Thomas war hier schon Stammgast, als er noch gar kein Star war. Ehrlich gesagt war er mir damals wesentlich sympathischer als heute.«

»Warum das denn?«, fragte Marie. »Ich hab gelesen, dass er total nett sein soll.«

Der Barkeeper lehnte sich zu Marie über die Theke und sagte

vertraulich: »Was in den Zeitungen steht, kannst du komplett vergessen. Die schreiben doch nur Müll. Früher war Thomas echt ein netter Kerl, aber seit er berühmt geworden ist, kann man kein vernünftiges Wort mehr mit ihm reden. Er ist total arrogant geworden. Hält sich für was Besseres, wenn du weißt, was ich meine. Tanzt jedes Mal mit einer anderen Tussi hier an, wirft mit den großen Scheinen nur so um sich und spielt sich auf, als wäre er der King.«

Marie schüttelte ungläubig den Kopf. »Das klingt wirklich ziemlich unsympathisch. War er denn in letzter Zeit auch noch oft hier?«

»Seit er in Berlin lebt, sind seine Besuche natürlich seltener geworden«, antwortete der Barkeeper. »Aber immer wenn er in der Stadt war, hat er hereingeschaut. Bis er vor ein paar Wochen Ärger mit dem Chef hatte. Seitdem hat er sich nicht mehr blicken lassen.«

Marie horchte auf. »Ärger mit dem Chef? Worum ging's denn?«

Der Barkeeper zuckte mit den Schultern. »Keine Ahnung.« Dann warf er Marie einen misstrauischen Blick zu. »Sag mal, warum willst du das eigentlich alles wissen? Du bist doch nicht etwa von der Presse, oder?«

»Nein, natürlich nicht«, versicherte Marie schnell. »Ich … bin einfach nur ein Fan von Thomas, mehr nicht.«

Zum Glück rief in diesem Moment ein anderer Gast nach dem Barkeeper, und er verschwand, bevor er Marie weiter auf den Zahn fühlen konnte.

Marie ließ sich die Informationen, die sie soeben erhalten hatte, noch einmal durch den Kopf gehen. Sie musste unbe-

dingt herausfinden, was es mit dem Streit zwischen dem Moderator und dem Clubchef auf sich hatte.
»Ich schau mich mal ein bisschen um«, raunte sie Michi zu und rutschte von ihrem Barhocker. »Bin gleich wieder da.«
Sie schlenderte durch den Raum und entdeckte eine Treppe, die zu den Toiletten führte. Marie ging die Treppe hinab und stand am Ende eines schmalen Ganges. Rechts und links gingen die Türen zu den Damen- und Herren-WCs ab. Ganz hinten befand sich noch eine Tür, auf der in großen Buchstaben »PRIVAT« stand. Marie schlich zu der Tür hinüber. Nachdem sie sich vergewissert hatte, dass niemand sie beobachtete, drückte sie vorsichtig die Klinke hinunter. Hinter der Tür lag ein weiterer Gang, von dem wieder mehrere Türen abgingen. An den Wänden standen Regale voller Aktenordner. Offenbar waren hier die Büroräume des »Club Monte Carlo« untergebracht. Aus einem der Zimmer drang ein schwacher Lichtschein. Marie lauschte. Sie konnte eine männliche Stimme hören. Auf Zehenspitzen ging sie den Flur hinab. Die Tür des Büros, aus dem die Stimme kam, war nur angelehnt. Durch den Türspalt konnte Marie einen großen Schreibtisch sehen, hinter dem ein drahtiger Mann mit kurzen, blonden Haaren saß. Sein Gesicht war kaum zu erkennen, weil es hinter dichten hellgrauen Rauchschwaden beinahe verschwand. Der Mann drückte gerade eine Zigarette im Aschenbecher vor sich auf dem Schreibtisch aus und zündete sich sofort die nächste an. Dabei sprach er mit heiserer Stimme ins Telefon.
»Ich dachte, mich trifft der Schlag, als ich es in der Zeitung gelesen habe. Das ist wirklich verdammt schlechtes Timing!«

Er nahm einen Zug von seiner Zigarette und Marie hielt vor Aufregung den Atem an. Ob der Mann von der Entführung sprach? Sie blieb hinter der Tür stehen und lauschte aufmerksam.

»Wenn Thomas nicht bald wieder auftaucht, habe ich ein echtes Problem. Immerhin hab ich ihm jede Menge Geld geliehen und bis jetzt hat er nur einen Bruchteil davon zurückgezahlt. Keiner meiner Kunden ist mit den Raten so weit im Rückstand wie er. Kein Wunder, dass er sich in den letzten Wochen nicht mehr in den Club getraut hat. Wenn alle Klienten so unzuverlässig wären, wäre ich bald pleite und könnte den Club dichtmachen.« Der Manager hustete. »Was? Keine Ahnung, was er mit der ganzen Kohle gemacht hat. Vielleicht badet er jeden Abend in Champagner!« Marie hörte ein bellendes Lachen, dann sprach der Mann weiter. »Letzte Woche hab ich Hugo und Mick bei ihm vorbeigeschickt, aber das war leider nicht besonders ergiebig. Sie haben ihm gerade mal fünfhundert Euro abgenommen. Mehr hatte er angeblich nicht dabei. Tja, und jetzt hat sich irgendjemand anders den Goldvogel geschnappt. Ich wüsste zu gerne, wer hinter der Entführung steckt. Eigentlich gar keine schlechte Idee …«

Plötzlich hörte Marie Schritte am Ende des Ganges und ihr Herz begann wie verrückt zu klopfen. Wenn sie hier entdeckt wurde, konnte sie gleich ihr Testament machen! Sie schlüpfte neben eins der Bücherregale und presste sich so flach wie möglich gegen die Wand. Die Schritte kamen immer näher und Marie erkannte den größeren der beiden Türsteher. Er blieb vor der halb geöffneten Tür des Clubmanagers stehen und klopfte.

»Ich muss jetzt Schluss machen«, bellte der Manager ins Telefon. »Die Pflicht ruft.« Dann knallte er den Hörer auf die Gabel.

»Entschuldigen Sie die Störung, Chef«, sagte der Türsteher. »Aber ich glaube, wir haben ein Problem.«

»Was ist los, Mick?«, fragte der Clubmanager. »Schon wieder Randale vor dem Eingang?«

Mick schüttelte den Kopf. »Diesmal nicht. Die Bullen stehen vor der Tür. Sie wollen mit Ihnen sprechen.«

Der Clubmanager runzelte die Stirn. »Haben sie gesagt, worum es geht?«

»Nein«, antwortete Mick. »Es ist ein gewisser Kommissar Peters. Soll ich ihn reinlassen, Chef?«

Der Manager seufzte. »Ja, von mir aus. Sonst rückt er morgen mit einem Durchsuchungsbeschluss an. Peters ist ein scharfer Hund, wir kennen uns von früher. Ich frag mich bloß, was er von mir will.« Der Clubmanager stand auf. Marie konnte hören, wie der Schreibtischstuhl über den Boden geschoben wurde. »Am besten komme ich mit nach oben und spreche dort mit ihm.«

Marie brach der kalte Angstschweiß aus, als die beiden Männer aus dem Büro kamen. Was, wenn sie hinter die Tür schauten und sie entdeckten? Aber zum Glück gingen sie schnurstracks zur Treppe und verschwanden nach oben.

Marie atmete auf. Dann dachte sie fieberhaft nach. Sie musste so schnell wie möglich aus dem Club verschwinden. Wenn Kommissar Peters sie und Michi hier sah, würden sie mächtig Ärger bekommen. Der Kommissar hatte bestimmt nicht das geringste Verständnis dafür, dass sie sich um diese Uhr-

zeit in einem Laden wie dem »Club Monte Carlo« herumtrieben.
Marie huschte über den Gang und lief eilig die Treppe hinauf. Sie sah, wie sich der Manager hinter Mick einen Weg durch die inzwischen dicht gedrängt stehenden Clubbesucher zur Eingangstür bahnte. Inzwischen war es gerammelt voll. Das Reden und Lachen der Gäste übertönte fast die Musik, die aus den Boxen an der Decke dröhnte.
Michi saß immer noch an der Bar. Auf Maries Barhocker hatte sich eine gut aussehende Blondine in einem weit ausgeschnittenen Cocktailkleid niedergelassen und versuchte offenbar gerade, Michi in ein Gespräch zu verwickeln. Sie holte eine Zigarettenschachtel aus ihrer Handtasche und steckte sich eine Zigarette in den Mund. Dann bat sie Michi um Feuer, aber Michi schüttelte bedauernd den Kopf.
Marie musste grinsen. Bei Michi war diese aufgetakelte Tussi an der falschen Adresse, er war nämlich überzeugter Nichtraucher. Sie drängelte sich so schnell wie möglich zur Bar durch. Michi machte ein erleichtertes Gesicht, als er Marie entdeckte.
»Da bist du ja endlich!«, raunte er ihr zu. »Wo hast du denn die ganze Zeit gesteckt?«
»Erzähl ich dir später«, flüsterte Marie zurück. »Jetzt müssen wir erst mal zusehen, dass wir von hier verschwinden. Und zwar schnell!« Laut sagte sie: »Komm, Schatz, lass uns woandershin gehen. Hier ist es mir zu voll.«
Die Blondine verlor augenblicklich das Interesse, als sie sah, dass Michi nicht alleine unterwegs war, und ließ sich vom Barkeeper Feuer geben.

Michi stand auf und wandte sich in Richtung Ausgang, aber Marie hielt ihn zurück. »Nicht da lang!« In diesem Moment tauchte der Clubmanager wieder auf. Hinter ihm erkannte Marie die bekannte Gestalt von Kommissar Peters. Sie griff nach Michis Arm und zog ihn in die entgegengesetzte Richtung. Nichts wie weg hier! Es musste doch irgendwo einen Notausgang geben! Sie steuerte auf eine Tür neben der Treppe zu, die sie vorhin bei ihrem Erkundungsgang entdeckt hatte.

Tatsächlich! Über der Tür leuchtete schwach ein grünes Notausgangsschild. Marie drückte die Klinke herunter, und ihr fiel ein Stein vom Herzen, als die Tür lautlos aufging. Eine Sekunde später standen sie und Michi im Freien.

Liz Sander wird beschattet

»Da seid ihr ja endlich!«, rief Kim. »Alles in Ordnung?«
»Hat Kommissar Peters euch gesehen?«, wollte Franzi wissen.
Kaum waren Marie und Michi auf der Straße vor dem Club aufgetaucht, hatten Kim und Franzi ihr Versteck hinter einer dichten Hecke am Straßenrand verlassen und redeten aufgeregt auf die beiden ein.
»Mann, wir haben uns vielleicht Sorgen gemacht, als wir gesehen haben, dass der Kommissar in den Club gegangen ist!« Kim war immer noch ganz blass.
»Wir dachten schon, ihr kommt gleich in Handschellen wieder heraus«, fügte Franzi hinzu. »Ich hab versucht, euch über Handy zu erreichen, aber es ist niemand rangegangen.«
»Keine Sorge, wir sind rechtzeitig abgehauen«, beruhigte Marie ihre Freundinnen. »Der Kommissar hat uns nicht gesehen. Mein Handy hatte ich ausgeschaltet, damit es nicht im falschen Augenblick klingelt.«
»Kommissar Peters war im ›Club Monte Carlo‹?« Michi machte ein überraschtes Gesicht. »Davon hab ich ja gar nichts mitbekommen!«
»Kein Wunder.« Marie grinste anzüglich. »Du warst ja auch viel zu sehr damit beschäftigt, mit der hübschen Blondine auf dem Barhocker neben dir zu flirten.«
Franzi sah, wie Kim noch etwas blasser wurde, und beschloss, lieber das Thema zu wechseln. Solche Bemerkungen waren bestimmt nicht gerade dazu geeignet, Kims Laune zu ver-

bessern. Sie war heute mal wieder besonders schlecht drauf. Während sie und Franzi hinter der Hecke gewartet hatten, hatte sie kaum ein Wort gesagt und nur düster vor sich hin gestarrt. Franzi hatte fast den Eindruck gehabt, Kim sei wegen irgendetwas sauer auf sie. Aber sie hatte keine Ahnung, warum. Wirklich sehr merkwürdig …

»Habt ihr denn etwas herausbekommen?«, fragte Kim und sah Marie erwartungsvoll an.

»Und ob! Ich habe alles auf Band.« Marie zückte das Aufnahmegerät und gab es Kim zurück. »Also, eins ist sicher: Der Clubmanager und die beiden Türsteher haben nichts mit der Entführung zu tun.« Dann berichtete sie von ihrem Gespräch mit dem Barkeeper und dem Telefonat des Clubmanagers.

»Du hast recht, die Spur können wir abhaken«, sagte Franzi, nachdem sie sich Maries Bericht angehört hatte. »Es wäre schließlich ziemlich unlogisch, wenn der Clubmanager jemanden entführen würde, von dem er noch jede Menge Geld bekommt.«

»Ich frage mich nur, warum sich Thomas Niedlich überhaupt so viel Geld geliehen hat«, überlegte Kim. »Als Moderator von *Quiz für Kids* verdient er doch jede Menge Kohle.«

Marie zuckte mit den Schultern. »Vielleicht hat er sich einfach übernommen. So ein Luxusleben ist schließlich ganz schön teuer.«

Michi sah auf die Uhr. »Tut mir leid, Mädels, aber ich muss los.«

»Hast du noch was vor?«, fragte Franzi. »Du willst uns doch nicht erzählen, dass du den restlichen Freitagabend alleine zu Hause verbringst, oder?«

»Doch«, gab Michi zu. »Wenn du's genau wissen willst: Ich hau mich gleich hin. Ich muss morgen früh raus und meinem Vater im Laden helfen.« Er verabschiedete sich von den drei !!! und verschwand um die Straßenecke. Kim sah ihm sehnsüchtig nach.

»Leute, ich muss auch nach Hause«, verkündete Franzi. »Ich hab meinen Eltern erzählt, dass wir heute Abend ins Kino gehen, und ich musste ihnen versprechen, direkt nach der Vorstellung nach Hause zu kommen.«

»Einen Moment noch!« Marie hielt sie zurück. »Wie sollen wir denn jetzt weiter vorgehen?«

»Ich bin dafür, dass wir uns aufteilen«, schlug Kim vor. »Dann kommen wir schneller mit den Ermittlungen voran. Ich könnte die Beschattung von Liz Sander übernehmen.«

»Gute Idee.« Marie grinste. »Warum nimmst du nicht Michi mit? Als Pärchen ist man bei Undercover-Einsätzen super getarnt. Außerdem hast du dann einen perfekten Vorwand, um ihn anzurufen.«

Kim warf Franzi einen schnellen Seitenblick zu. »Nicht nötig«, sagte sie kühl. »Ich arbeite lieber allein. Aber vielleicht will Franzi gemeinsam mit Michi ermitteln. Die beiden verstehen sich ja in letzter Zeit sowieso so gut.«

»Ich?« Franzi machte ein überraschtes Gesicht. Was sollte denn diese Bemerkung bedeuten? Und warum wollte Kim nicht gemeinsam mit Michi ermitteln? Normalerweise ließ sie doch auch keine Gelegenheit aus, ihrem Schwarm so nah wie möglich zu sein. »Nein danke, kein Bedarf«, sagte Franzi schließlich. Sie wandte sich an Marie. »Sollen wir uns um Thomas Niedlichs Bruder kümmern?«

Marie nickte. »Hast du morgen Nachmittag Zeit? Dann könnten wir zusammen zum *Campingplatz am Fluss* fahren und versuchen, mehr über diesen Theo Niedlich herauszufinden. Und abends treffen wir uns bei mir und tragen unsere Ermittlungsergebnisse zusammen, okay? Wenn ihr wollt, könnt ihr übrigens gerne bei mir übernachten. Mein Vater ist mal wieder unterwegs. Er dreht gerade neue Folgen für die nächste Staffel der *Vorstadtwache.*«

»Prima.« Franzi winkte ihren Freundinnen zum Abschied zu. »Dann bis morgen!«

Am Samstagnachmittag kam Franzi nur eine Viertelstunde zu spät zum vereinbarten Treffpunkt. Als sie am Schillerpark von ihrem Fahrrad stieg, war von Marie jedoch weit und breit nichts zu sehen. Das war mal wieder typisch!

Als Franzi gerade ungeduldig auf ihre Armbanduhr schielte, piepte ihr Handy. Eine SMS von Marie!

Sorry, kann nicht kommen! Hab gleich Theaterprobe, das hatte ich komplett vergessen! Wir sehen uns später bei mir, okay? Bin um fünf wieder zu Hause. GLG, Marie

Ärgerlich löschte Franzi die SMS, ohne zu antworten. Das konnte doch nicht Maries Ernst sein! So eine blöde Kuh! Ihr war ihre dämliche Theaterprobe offenbar tatsächlich wichtiger als die laufenden Ermittlungen! Franzi hasste es, versetzt zu werden. Außerdem hatte sie sich bei ihren Eltern bereits bis morgen Abend abgemeldet, weil sie heute ja eigentlich bei Marie übernachten wollte. Was sollte sie denn jetzt den ganzen Nachmittag machen, bis Marie endlich geruhte, von ihrer Probe zurückzukommen? Wieder zurück nach Hause zu fahren hatte Franzi keine Lust.

Franzi überlegte – und plötzlich wusste sie, was sie tun würde. Wenn Marie sie hängenließ, würde sie eben auf eigene Faust ermitteln. Die anderen würden ganz schön Augen machen, wenn sie auf dem Campingplatz etwas Tolles herausfand und ihnen heute Abend ihre Ermittlungsergebnisse präsentierte. Entschlossen stieg Franzi auf ihr Fahrrad und radelte los.

Zur selben Zeit saß Kim mit Sonnenbrille und einer Illustrierten als harmlose Zeitungsleserin getarnt auf einer Bank vor dem Parkhotel und ließ den Haupteingang nicht aus den Augen. Während sie gelangweilt die Zeitschrift durchblätterte, wanderten ihre Gedanken immer wieder zu Franzi und Michi. Ob sie sich in den letzten Tagen noch einmal heimlich getroffen hatten? Wenn ja, waren sie wirklich gute Schauspieler. Gestern hatte Kim die beiden genau beobachtet, doch sie waren genauso miteinander umgegangen wie immer – als wenn sie nur gute Freunde wären. Und wenn sie sich nun doch getäuscht hatte? Vielleicht war die Sache ja wirklich ganz harmlos! Aber warum hatte Franzi dann nichts von dem Eisessen mit Michi erzählt?
Kim seufzte. Seit Tagen spielten ihre Gefühle komplett verrückt. Sie befanden sich auf einer ständigen Achterbahnfahrt zwischen totaler Verzweiflung, glühender Wut und Momenten der Erleichterung, in denen Kim einfach nicht glauben konnte, dass Franzi tatsächlich etwas mit Michi angefangen hatte. So konnte es wirklich nicht weitergehen! Aber was sollte sie tun?
Kim war so in ihre Grübeleien vertieft, dass sie beinahe die schlanke Frau nicht bemerkt hätte, die gerade durch die Dreh-

tür des Hotels ins Freie trat, ihre Sonnenbrille aufsetzte und dann zügig in Richtung Innenstadt ging. Liz Sander!
Kim sprang auf, stopfte die Illustrierte in ihren Rucksack und folgte der jungen Moderatorin. Liz schien es eilig zu haben. Mit schnellen Schritten stöckelte sie auf ihren hohen Absätzen durch die Fußgängerzone und hielt direkt auf den Bahnhof zu, ohne sich ein einziges Mal umzuschauen.
Kim runzelte die Stirn, während sie darauf achtete, immer einen gebührenden Sicherheitsabstand zu ihrer Zielperson einzuhalten. Was wollte die Moderatorin am Bahnhof? Hatte sie etwa vor, zurück nach Berlin zu fahren? Aber bis auf eine winzige Handtasche hatte sie keinerlei Gepäck dabei.
Das Rätsel löste sich, als Liz Sander vor dem Bahnhofsgebäude auf eine junge, dunkelblonde Frau zulief und sie umarmte. Kim versteckte sich schnell hinter einem Blumenkiosk und beobachtete aufmerksam die Begrüßungsszene auf dem Bahnhofsvorplatz.
»Wie schön, dass du gekommen bist, Marlene! Du glaubst gar nicht, wie sehr ich mich freue, dich zu sehen!«, rief Liz und drückte die dunkelblonde Frau an sich. Kim meinte sogar, Tränen in Liz' Augen glitzern zu sehen.
Marlene lächelte. »Du hast dich am Telefon so traurig angehört, da musste ich mich einfach in den Zug setzen und zu dir fahren. Wie geht's dir denn, Schwesterherz?«
Liz zuckte mit den Schultern. »Es ging mir schon mal besser, wenn ich ehrlich sein soll. Die Sache mit Thomas hat mich ziemlich mitgenommen.« Sie hakte sich bei ihrer Schwester ein. »Wollen wir in der Stadt einen Kaffee trinken? Dann erzähle ich dir alles ausführlich.«

Marlene nickte und griff nach einem kleinen knallroten Rollkoffer, der neben ihr stand. Dann liefen die beiden Schwestern plaudernd und lachend in die Fußgängerzone, wo sie sich vor einem Café in der Sonne niederließen. Kim wählte einen Tisch direkt hinter dem der Schwestern und setzte sich mit dem Rücken zu ihnen. So konnte sie alles hören, wurde aber hoffentlich selbst nicht entdeckt. Sie holte ihr Detektivtagebuch aus dem Rucksack und begann, sich Notizen zu machen, um das Gespräch später besser rekonstruieren zu können. Was für ein Glücksfall, dass Liz sich gerade heute mit ihrer Schwester traf! Die beiden schienen sich sehr nahezustehen. Liz würde ihr bestimmt mehr anvertrauen als den drei !!!. Vielleicht würde sie ja sogar auf die Entführung zu sprechen kommen! Wenn sie tatsächlich etwas damit zu tun hatte, was Kim sich irgendwie immer noch nicht so richtig vorstellen konnte …

»Jetzt erzähl mal«, sagte Marlene, nachdem der Kellner ihr und Liz zwei große Schalen Milchkaffee gebracht hatte. Kim hatte sich eine Cola bestellt. »Wie geht es dir wirklich?«

Liz seufzte. »Ich habe Mist gebaut, Marlene. Richtig großen Mist! Und jetzt weiß ich nicht, wie ich da wieder herauskommen soll. Das kann mich meine Karriere kosten, wenn ich Pech habe.« Liz' Stimme klang richtig verzweifelt und Kim lauschte gebannt. Wovon sprach Liz? Was hatte sie sich zuschulden kommen lassen? Hatte sie Thomas Niedlich doch entführen lassen?

Marlene legte die Hand auf den Arm ihrer Schwester. »So schlimm wird's schon nicht sein. Sag mir einfach, was los ist. Wir finden bestimmt eine Lösung.«

Liz zögerte einen Moment, dann begann sie stockend zu erzählen: »Ich war so wütend auf Thomas, als er mich letzte Woche einfach abgewimmelt hat. Ich hätte ihn glatt umbringen können! Erst macht er mir die große Liebe vor, dann schnappt er mir die Moderatorenstelle bei *Quiz für Kids* vor der Nase weg und schließlich lässt er mich fallen wie eine heiße Kartoffel, um sofort mit diesem Modepüppchen anzubändeln. Das war einfach zu viel für mich ...«
»Kann ich gut verstehen«, sagte Marlene. »Jede Frau hätte an deiner Stelle eine Mordswut auf diesen Mistkerl gehabt!«
»Ich wollte noch mal mit ihm reden und die Sache klären«, fuhr Liz fort. »Darum bin ich aus Berlin hierhergekommen. Ich konnte einfach nicht glauben, dass Thomas so mies ist. Schließlich habe ich ihn wirklich geliebt. Aber er hat mich eiskalt abblitzen lassen. Das hat mir den Rest gegeben. Ich war außer mir! Ich hätte alles kurz und klein schlagen können! Und da habe ich ... da habe ich ...«
Kim hielt den Atem an. Was hatte Liz getan?
»... da habe ich die Reifen von Thomas' Angeberschlitten zerstochen«, gestand die Moderatorin. Sie sprach jetzt so leise, dass Kim die Ohren spitzen musste, um alles mitzubekommen. »Alle vier. Mit meinem Taschenmesser.«
»Was?«, rief Marlene ungläubig. Dann lachte sie plötzlich los. »Du hast seine Reifen zerstochen? Das gibt's doch gar nicht! Du warst ja schon immer ziemlich jähzornig, aber das hätte ich dir wirklich nicht zugetraut!«
Kim atmete auf. Sie war gleichzeitig erleichtert und enttäuscht. Trotz ihrer manchmal leicht arroganten Art war Kim die junge Moderatorin irgendwie sympathisch. Sie hätte sie

ungern als Schuldige überführt. Und ihren Liebeskummer konnte sie sehr gut nachvollziehen. Aber wenn Liz nichts mit der Entführung zu tun hatte, hieß das auf der anderen Seite, dass die drei !!! mit ihrem Verdacht danebengelegen hatten. Sie waren auf der falschen Fährte gewesen!
»Du hast gut lachen«, sagte Liz. »Du musst dir schließlich nicht jeden Tag Vorwürfe machen, weil du für einen kurzen Moment die Kontrolle über dich verloren hast. Wenn die Presse Wind von der Sache bekommt, kann ich meine Karriere an den Nagel hängen. Dann war alles umsonst! All die Mühen der letzten Jahre! Du weißt ja, wie schwer ich gearbeitet habe, um es dahin zu schaffen, wo ich jetzt bin.«
»Natürlich weiß ich das.« Marlenes Stimme klang besänftigend. »Aber vielleicht wird es ja gar nicht so schlimm. Du solltest dich auf jeden Fall bei der Polizei melden. Wenn du dich selbst stellst, hast du bestimmt gute Karten, mit einer leichten Strafe davonzukommen.«
»Ich war bereits bei der Polizei«, sagte Liz. »Gleich nachdem ich die Reifen zerstochen hatte, wusste ich, dass es ein riesengroßer Fehler gewesen war. Darum bin ich noch am selben Abend zur Polizei gegangen, um mich anzuzeigen. Und während ich im Polizeipräsidium saß, wurde Thomas entführt. Ist das nicht ein merkwürdiger Zufall?«
Kim notierte eifrig alle Informationen in ihr Detektivtagebuch. Liz hatte also ein Alibi! Und zwar eins, das hieb- und stichfest war. Damit schied sie endgültig aus dem Kreis der Verdächtigen aus.
Kim hatte genug gehört. Sie klappte das Heft zu und verstaute es wieder in ihrem Rucksack. Dann stand sie auf, um

sich auf den Weg zu Marie zu machen. Marie und Franzi waren inzwischen bestimmt auch von ihrem Ausflug auf den Campingplatz zurück. Kim konnte es kaum erwarten, ihnen die neuesten Neuigkeiten zu erzählen.

Doch eine schneidende Stimme hielt sie zurück. »Hiergeblieben! Du hast deine Cola noch nicht bezahlt, Mädchen!« Der Kellner kam auf Kim zu. Er sah ziemlich ärgerlich aus. »Du hast wohl gedacht, du könntest die Zeche prellen, was? Aber da hast du dich getäuscht, mein Fräulein!«

Kim wurde knallrot und kramte mit zitternden Fingern in ihrem Rucksack nach dem Portemonnaie. Sämtliche Cafégäste starrten neugierig zu ihr herüber und Kim hätte sich am liebsten in Luft aufgelöst. Was für eine peinliche Situation!

»Entschuldigung«, murmelte sie. »Ich hab total vergessen, dass ich noch bezahlen muss. Hier, bitte sehr. Stimmt so.«

»Vergessen – ha!«, rief der Kellner und nahm das Geld in Empfang. »Das sagen alle!« Zum Glück rief in diesem Moment ein anderer Gast nach ihm und er entfernte sich wutschnaubend.

»He – dich kenne ich doch!« Liz Sander war durch den lautstarken Auftritt des Kellners auf Kim aufmerksam geworden. »Bist du nicht eins von den Mädchen, die mich vor ein paar Tagen interviewt haben?«

Kim wurde wieder rot und nickte stumm. Mist! Jetzt war ihre Tarnung aufgeflogen!

»Was machst du denn hier?«, wollte Liz wissen. »Spionierst du mir etwa nach?«

»Nein, natürlich nicht«, sagte Kim schnell. »Ich wollte mich hier mit meinen Freundinnen treffen, aber sie haben mich versetzt.« Sie lächelte Liz und Marlene zu. »Ich muss jetzt leider los. Einen schönen Nachmittag noch!«

Kim machte, dass sie wegkam, ehe ihr Liz weitere unangenehme Fragen stellen konnte. Die beiden Schwestern sahen ihr verwirrt hinterher. Als Kim um die Ecke bog, atmete sie erleichtert auf. Das war gerade noch mal gut gegangen!

Eine unglaubliche Entdeckung

Der Campingplatz lag etwas außerhalb der Stadt mitten in einem Naherholungsgebiet. Nachdem sie eine halbe Stunde stramm geradelt war, bog Franzi von der Landstraße ab und fuhr auf einem schmalen Waldweg in Richtung Fluss. Jetzt konnte es nicht mehr weit sein. Rechts und links vom Weg standen hohe Tannen. Sonnenstrahlen fielen zwischen den Zweigen hindurch und malten helle Muster auf den mit Tannennadeln bedeckten Boden. Franzi atmete tief die frische Waldluft ein. Ihre Wut auf Marie war inzwischen beinahe komplett verraucht und sie begann, den Ausflug zu genießen.

Da sah sie ein verwittertes Holzschild, auf dem in schwarzen Buchstaben *Campingplatz am Fluss* stand. Franzi folgte dem Schild und gelangte an ein großes Eisentor, hinter dem sie mehrere kleine Häuser sowie Wohnwagen und Zelte erkennen konnte. Sie hatte den Campingplatz gefunden!

Franzi stieg vom Rad, lehnte es an einen Baum und schloss es ab. Als sie den Campingplatz betrat, kam sie an einem Holzhaus vorbei, in dem sich offenbar das Büro und die Anmeldung befanden. Die Tür stand offen und Franzi konnte einen Mann sehen, der sich gerade mit einem älteren Ehepaar unterhielt. Wahrscheinlich war das der Platzwart. Franzi überlegte, ob sie zu ihm gehen und nach Theo Niedlich fragen sollte. Aber dann entschied sie sich dagegen. Sie wollte sich lieber erst ein wenig auf eigene Faust auf dem Platz umsehen. Mit dem Platzwart konnte sie später immer noch reden.

Franzi schlenderte gemächlich den Hauptweg entlang. Trotz des guten Wetters waren längst nicht alle Plätze belegt. Sie sah ein paar Wohnwagen, vor denen zumeist ältere Ehepaare in der Nachmittagssonne saßen. Es gab auch drei Zelte, die aber alle verwaist waren. Entweder machten ihre Bewohner gerade einen Ausflug in die Umgebung oder sie hielten ein Nachmittagsschläfchen.

Franzi ging weiter, bis sie zwischen den Bäumen den Fluss glitzern sah. Hier endete das Campingplatzgelände. Auf dem Rückweg kam sie an einem kleinen, flachen Gebäude vorbei, in dem sich die Duschen und Toiletten befanden. Wilder Efeu rankte sich an den Wänden empor, die dringend einen frischen Anstrich nötig gehabt hätten. Die gesamte Campingplatzanlage wirkte ziemlich alt und verwildert. Das hier war eindeutig keiner von diesen Luxus-Campingplätzen, auf denen den Gästen jede Art von Komfort geboten wurde. Hier fuhren bestimmt hauptsächlich ältere Leute oder Familien mit Kindern hin, die es ruhig und preisgünstig mochten. Alles machte einen sehr familiären und harmlosen Eindruck.

Franzi konnte sich beim besten Willen nicht vorstellen, dass an diesem Ort irgendetwas Kriminelles vor sich gehen konnte. Sie war bestimmt auf dem falschen Dampfer. Theo Niedlich war vermutlich ein netter, etwas verschrobener Künstler, der sich hierher zurückgezogen hatte, um seine Ruhe zu haben und sich von seinen finanziellen Problemen zu erholen. Ob sie sich überhaupt die Mühe machen sollte, ihn aufzuspüren? Wahrscheinlich konnte er ihr doch nichts zum Verbleib seines Bruders sagen. Andererseits war sie jetzt schon den weiten Weg hierheraus geradelt …

Franzi hatte gerade beschlossen, zum Platzwart zurückzukehren, um ihn nach dem genauen Standort von Theo Niedlichs Wohnwagen zu fragen, als ihr eine Gestalt auffiel, die aus dem Toilettenhäuschen kam. Es war offensichtlich ein Mann, aber besonders viel war nicht von ihm zu erkennen, weil er komplett vermummt war. Er trug trotz der milden Temperaturen eine dunkle Wollmütze und eine Kapuzenjacke. Die Mütze hatte er sich tief ins Gesicht gezogen und seine Augen waren hinter einer riesengroßen Sonnenbrille versteckt. Er hatte die Hände in den Hosentaschen vergraben und hielt den Kopf gesenkt, während er eilig über den Hauptweg davonging.
Franzi sah ihm nachdenklich hinterher. Ihr Gefühl sagte ihr, dass mit diesem Typ irgendetwas nicht stimmte. Wer lief bei dem sonnigen Wetter schon freiwillig wie ein vermummter Bankräuber durch die Gegend? Ohne länger darüber nachzudenken, folgte sie dem Mann. Er bog nach wenigen Schritten vom Hauptweg ab und ging über einen verwilderten Pfad in Richtung Fluss. Hier standen kaum noch Wohnwagen oder Zelte. Die meisten Stellplätze waren von hohem Gras überwuchert und sahen so aus, als wären sie seit ewigen Zeiten nicht mehr benutzt worden.
Aber ganz am Ende des Pfades, versteckt hinter zwei Tannen, stand doch noch ein Wohnwagen. Er war ziemlich heruntergekommen. Die graue Farbe, die früher wahrscheinlich einmal weiß gewesen war, blätterte ab und an der Tür waren mehrere große Rostflecke zu sehen. Neben dem Wohnwagen lag ein Haufen verrosteter Eisenteile. Einige waren zu merkwürdigen, verkrümmt aussehenden Skulpturen zusammengeschweißt. Es sah aus wie auf einem Schrottplatz.

Der Vermummte ging direkt auf den Wohnwagen zu. Da flog plötzlich die Tür auf und ein Mann sprang heraus.
»Spinnst du jetzt total?«, zischte er wütend und sah sich aufmerksam nach allen Seiten um, bevor er den Vermummten am Arm packte und in den Wohnwagen zerrte.
Franzi war blitzschnell hinter einen Baum gesprungen. Ihr Herz raste. Denn bevor die Wohnwagentür hinter den beiden Männern zugefallen war, war ihr etwas sehr Merkwürdiges aufgefallen: An der Hand des Vermummten hatten mehrere Ringe im Sonnenlicht geglitzert!
Aus dem Wohnwagen drangen dumpfe Stimmen, aber Franzi konnte kein Wort verstehen. Sie musste unbedingt näher heran. Vorsichtig schlich sie sich zwischen den Bäumen hindurch. Ihr Mund war ganz trocken vor lauter Aufregung. War der vermummte Mann etwa Thomas Niedlich gewesen? Hatte sein Bruder ihn entführt? War der Moderator geflüchtet? Aber warum war er dann freiwillig zu seinem Entführer zurückgekehrt?
Franzis Jagdinstinkt trieb sie immer näher zum Wohnwagen. Sie musste unbedingt herausfinden, was hier vor sich ging. Da hörte sie eine Stimme aus dem Inneren des Wohnwagens, die ihr bekannt vorkam. Sie gehörte eindeutig Thomas Niedlich!
»Jetzt reg dich doch nicht so auf, Theo«, sagte der Moderator. »Ist ja nichts passiert.«
»Woher willst du das wissen?«, fragte Theo. Seine Stimme klang ärgerlich. »Vielleicht hat dich jemand auf dem Campingplatz gesehen und die Polizei ist schon unterwegs. Du bist schließlich bekannt wie ein bunter Hund. Wie kannst du

nur so verdammt unvorsichtig sein? Ich hab dir schon tausend Mal gesagt, dass du deinen Hintern nicht aus dem Wohnwagen hinausbewegen sollst!«

»Ich musste aber mal aufs Klo«, verteidigte sich Thomas Niedlich. »Außerdem brauchte ich dringend frische Luft. Schließlich hocke ich schon seit Tagen in dieser Blechdose herum. Da kriegt man ja Beklemmungen! Nicht mal duschen kann man hier. Geschweige denn vernünftig schlafen. Die Matratze im Kabuff ist steinhart und total unbequem.«

»Das hättest du dir eher überlegen sollen«, gab sein Bruder zurück. »Dass mein Wohnwagen kein Grandhotel ist, wusstest du ganz genau. Aber der Herr ist natürlich nur noch Luxusklasse gewohnt. Soll ich dir vielleicht jeden Morgen das Frühstück ans Bett bringen? Oder dich mit Champagner und Kaviar bewirten? So weit kommt's noch!« Theo lachte spöttisch. »Wessen Idee war es denn, deine Entführung zu inszenieren und diesen Fernsehfritzen eine Menge Geld aus den Rippen zu leiern? Meine ja wohl nicht!«

Die Stimmen zogen Franzi an wie ein Magnet. Sie stand jetzt direkt neben dem Wohnwagen und lugte vorsichtig durch das kleine Seitenfenster. Tatsächlich! Auf einer Eckbank mit braunen Cordpolstern saß Thomas Niedlich! Er hatte sich die Mütze vom Kopf gezogen und die Sonnenbrille abgenommen. Jetzt erkannte Franzi ihn sofort. Es war kein Zweifel möglich! Und der andere Mann, der sich neben der kleinen Küchenzeile aufgebaut hatte, musste sein Bruder Theo sein. Er war ein bulliger Kerl mit Halbglatze, Schnauzbart und Bauchansatz und sah seinem jüngeren Bruder kein bisschen ähnlich.

Plötzlich fügte sich das soeben Gehörte in Franzis Kopf zusammen wie die Teile eines Puzzles. Auf einmal ging ihr ein riesengroßes Licht auf. Es gab gar keine Entführung! Thomas Niedlich hatte die Entführung mithilfe seines Bruders nur vorgetäuscht, um selbst das Lösegeld zu kassieren! Franzi schnappte nach Luft. Das war wirklich eine unglaubliche Neuigkeit!
Mit vor Aufregung steifen Fingern kramte Franzi in ihrem Rucksack nach dem Handy. Sie brauchte dringend Verstärkung. Marie und Kim mussten augenblicklich herkommen!

»Müsste Franzi nicht längst hier sein?« Kim hatte es sich auf der Ledercouch in Maries Wohnzimmer bequem gemacht und sah auf die Uhr. »Es ist schon halb sechs.«
Marie zuckte mit den Schultern. »Wahrscheinlich kommt sie mal wieder zu spät, wie immer.«
Kim grinste. »Musst du gerade sagen! Du bist schließlich auch nicht gerade die Pünktlichkeit in Person.«
»Stimmt«, gab Marie zu. »Außerdem fällt mir gerade ein, dass wir gar keine richtige Zeit abgemacht hatten. Ich hab Franzi vorhin nur gesimst, dass ich ab fünf wieder zu Hause bin.«
Kim seufzte. »Wahrscheinlich ist sie stinksauer, weil du sie versetzt hast, und lässt uns darum absichtlich warten.«
»Ich kann schließlich nichts dafür, dass ich heute Theaterprobe hatte«, verteidigte sich Marie und ließ sich neben Kim aufs Sofa fallen. »Früher oder später wird Franzi schon auftauchen. Sollen wir uns solange die neuesten Folgen der *Vorstadtwache* anschauen?«

»Von mir aus.« Kim war zwar kein so großer Fan der Krimiserie wie Franzi, doch hin und wieder sah sie sich trotzdem gern die eine oder andere Folge an. »Aber vorher schreibe ich Franzi eine SMS. Sie soll sich gefälligst ein bisschen beeilen, damit wir mit der Lagebesprechung anfangen können.«
Kim griff nach ihrem Handy und begann, eine kurze Nachricht zu tippen.

Endlich hatte Franzi das Handy in den Tiefen ihres Rucksacks gefunden. Sie wollte gerade Maries Nummer aus dem Telefonbuch heraussuchen, da blinkte auf einmal das Display auf und das Handy piepte dreimal laut und schrill. Eine SMS! Franzi starrte das Handy entsetzt an und wagte kaum zu atmen. Hatten die Männer sie gehört?
Im Wohnwagen war es plötzlich still geworden. Franzi hob langsam den Kopf – und fiel vor Schreck beinahe in Ohnmacht. Direkt hinter der verdreckten Fensterscheibe war ein rundes, weißes Gesicht aufgetaucht und blickte Franzi aus weit aufgerissenen Augen grimmig an. Theo Niedlich!
»Mist! Da draußen ist jemand!«, rief er und sein Gesicht verschwand.
Franzi hörte, wie die Wohnwagentür aufgerissen wurde und Schritte näher kamen. Sie wollte fliehen, aber ihre Beine gehorchten ihr nicht. Sie schienen am Boden festgewachsen zu sein. Und dann war es auch schon zu spät.
Theo Niedlich tauchte vor Franzi auf und packte sie am Arm.
»Was machst du hier?«, schnauzte er sie an. »Du hast hier nichts verloren!«
»Ich … ich … ich wollte nur …«, stotterte Franzi, aber ihr fiel

auf die Schnelle einfach keine plausible Ausrede ein. Dabei war sie doch sonst nicht auf den Mund gefallen!
»Was wolltest du?«, brüllte Theo und schüttelte Franzi so heftig, dass ihre Zähne aufeinanderschlugen.
»Jetzt lass doch das Mädchen in Ruhe! Du tust ihr ja weh!« Thomas Niedlich war hinter seinem Bruder aufgetaucht und griff nach Theos Arm.
Theo hörte auf, Franzi zu schütteln. »Mach, dass du wieder in den Wohnwagen kommst!«, zischte er.
»Hör auf, mich ständig herumzukommandieren!«, gab Thomas zurück. »Immer musst du den älteren Bruder markieren, das nervt echt!«
»Du lässt mir ja keine andere Wahl!« Theo hielt Franzis Arm immer noch mit eisenhartem Griff umklammert. Er blitzte seinen Bruder wütend an. »Ständig baust du Mist! Was sollen wir denn deiner Meinung nach jetzt mit dem Mädchen machen?«
Thomas zuckte mit den Schultern. »Keine Ahnung. Warum lassen wir sie nicht einfach laufen?«
Theo stöhnte. »Denk doch mal nach! Sie hat dich gesehen! Und sie weiß garantiert, wer du bist! Wir können sie nicht mehr laufen lassen.«
Franzi lief es eiskalt den Rücken hinunter. Was sollte das heißen? Wollte Theo sie etwa einsperren? Oder hatte er etwas noch Schlimmeres mit ihr vor?
Theos Griff ließ ihren Arm allmählich taub werden. Franzi kämpfte gegen die lähmende Angst an, die in ihr aufstieg, indem sie lautstark zu schimpfen begann. »Lassen Sie mich los! Ich will nach Hause! Ich habe keine Ahnung, was hier gespielt

wird, aber wenn Sie mich nicht augenblicklich gehen lassen, werden Sie einen Mordsärger bekommen!«

Jetzt sah Thomas Niedlich Franzi genauer an. »He – ich kenne dich doch!« Er runzelte die Stirn und schien angestrengt nachzudenken. Dann ging ihm ein Licht auf. »Du bist in meinem Büro gewesen. Und hinter der Stadthalle, als Mick und Hugo mich in die Mangel genommen haben. Du und deine beiden Freundinnen, ihr habt doch diesen Detektivclub, oder? Wie hieß er noch gleich? Die drei Punkte? Nein, warte, *Die drei ???*, stimmt's?«

»*Die drei !!!*«, korrigierte Franzi ihn säuerlich. Dieser Thomas war wirklich zu dämlich! Jetzt würde sein Bruder sie garantiert nicht mehr gehen lassen.

Theo lachte spöttisch. »Ein Detektivclub? Na, das ist ja ein Ding! Aber jetzt ist es vorbei mit dem Detektivspielen, Kleine.« Er nahm ihr das Handy aus der Hand, schaltete es aus und gab es Thomas. »Hier, pass gut darauf auf. Damit unsere kleine Detektivin nicht heimlich ihre Freundinnen anruft.«

Dann packte er Franzis Arm noch fester und zerrte sie in den Wohnwagen.

Wo steckt Franzi?

Die Schlussmusik der *Vorstadtwache* erklang, und Marie griff nach der Fernbedienung, um den Fernseher auszuschalten.
Kim sah auf ihre Armbanduhr. »Schon halb sieben! Jetzt könnte Franzi aber wirklich langsam auftauchen!«
Marie nickte. »Weißt du was? Wir rufen sie einfach an. Hoffentlich hat sie eine gute Erklärung für ihre Verspätung!« Marie zückte ihr Handy und tippte Franzis Nummer ein. Sie lauschte und machte ein enttäuschtes Gesicht. »Mist! Es ist nur die Mailbox dran. Offenbar hat Franzi ihr Handy ausgeschaltet.«
Kim runzelte die Stirn. »Komisch. Das macht sie doch sonst nie. Auf meine SMS hat sie auch nicht reagiert. Da stimmt doch was nicht …«
»Du hast recht, das sieht Franzi gar nicht ähnlich.« Marie überlegte. »Ich probier es mal bei ihr zu Hause. Vielleicht ist sie ja noch gar nicht losgefahren.«

Im Wohnwagen war es warm und stickig. Es roch nach ranzigem Fett, Bier und Schweiß. In der Spüle türmte sich dreckiges Geschirr und neben der Küchenzeile standen eine Menge leere Bierdosen auf dem Boden. Die gesamte Einrichtung war mit einer dicken Staubschicht überzogen.
Theo Niedlich bugsierte Franzi zur Sitzecke hinüber und versetzte ihr einen Stoß, sodass sie unsanft auf der Cordgarnitur landete. Dann zog er eine Schublade unter der Spüle auf und

wühlte darin herum, bis er einen langen Bindfaden gefunden hatte.
»Sicher ist sicher«, brummte Theo, während er Franzis Hände mit dem Bindfaden fesselte.
»Aua! Nicht so fest! Sie tun mir weh!« Franzi warf Theo einen wütenden Blick zu. Aber er ließ sich nicht beirren, sondern verknotete den Bindfaden fachmännisch.
»So, das müsste reichen.« Er fuhr sich mit der Hand über die Halbglatze und sah Franzi scharf an. »Und jetzt erzählst du uns, was du hinter dem Wohnwagen zu suchen hattest. Hast du gelauscht?«
Franzi schüttelte den Kopf. »Quatsch! Natürlich nicht. Ich … ich bin rein zufällig hier.« Sie merkte selbst, dass das nicht besonders überzeugend klang.
»Unsinn! Du hast Thomas auf dem Campingplatz gesehen und bist ihm gefolgt, stimmt's?«, kombinierte Theo. »Aber wie bist du darauf gekommen, hier nach ihm zu suchen?«
»Ich hab doch schon gesagt, dass ich rein zufällig hier bin«, beharrte Franzi störrisch. Sie wollte auf keinen Fall zugeben, wie viel sie bereits über den Fall wusste. Wenn sie Theo davon überzeugen konnte, dass sie völlig ahnungslos war, ließ er sie vielleicht doch noch gehen.
Theo schüttelte den Kopf. »Ich glaub dir kein Wort. Weißt du was? Du bleibst erst mal hier, bis du bereit bist, uns die Wahrheit zu sagen.«
Franzi schluckte. »Was soll das heißen? Wollen Sie mich etwa einsperren?«
»Ganz genau.« Theo grinste. »Du bist wirklich ein helles Köpfchen.« Er packte Franzi wieder am Arm und zog sie in

den hinteren Teil des Wohnwagens. Hier befand sich ein Einbaukleiderschrank, der die gesamte Rückwand einnahm. Theo öffnete die Schranktür und stieß Franzi hinein. Plötzlich wurde Franzi von Panik ergriffen. Wollte Theo sie etwa in diesen engen Schrank sperren?

Aber dann stolperte sie durch die Tür in einen winzigen Raum, der von der anderen Seite nicht zu erkennen gewesen war. Ein geheimes Versteck! Die Einrichtung bestand hauptsächlich aus einer schmalen Matratze, die auf dem Boden lag. Fenster gab es keine, dafür eine runde, völlig verdreckte Dachluke, durch die ein wenig Licht in den Raum sickerte. Leider war die Luke so klein, dass sie als Fluchtweg nicht in Betracht kam.

»Hier hast du jede Menge Zeit zum Nachdenken«, rief Theo ihr durch die Schranktür zu. »Wenn du uns sagen willst, was du wirklich weißt, brauchst du nur zu klopfen. Ach ja – schreien ist übrigens zwecklos, hier kommt sowieso nie eine Menschenseele vorbei.« Theo lachte höhnisch. »Mach's dir gemütlich. Ich wünsche einen guten Aufenthalt!«

Er schloss die Tür und Franzi blieb allein im Halbdunkeln zurück. Sie ließ sich auf die schmuddelige Matratze fallen und verbarg das Gesicht in den Händen. Tiefe Verzweiflung übermannte sie und in ihrer Kehle bildete sich ein dicker Kloß. In ihrem ganzen Leben hatte sie sich noch nie so allein gefühlt. Franzi schloss die Augen und ließ ihren Tränen freien Lauf.

»Hallo, hier ist Marie. Ist Franzi da?« Marie betätigte die Freisprechfunktion des Telefons, damit Kim mithören konnte. Augenblicklich drang Chrissies quäkige Stimme aus dem

Lautsprecher. »Franzi? Nein, die ist gleich nach dem Mittagessen weggefahren.«
Marie warf Kim einen besorgten Blick zu. »Ach so, ja dann …«
»Ist sie denn nicht bei euch?«, fragte Chrissie. »Ich dachte, sie übernachtet heute bei dir.«
»Ja, das tut sie auch.« Marie stockte. »Sie … sie kommt bestimmt gleich. Ich wollte nur schnell nachfragen, wo sie bleibt.«
»Franzi hat beim Mittagessen irgendetwas von einer Radtour gefaselt. Und Papa musste ihr den kürzesten Weg zum Fluss erklären«, quasselte Chrissie drauflos. »Aber das müsstest du doch eigentlich wissen – schließlich wart ihr verabredet, oder?«
»Ja, mir ist nur leider etwas dazwischengekommen.« Marie versuchte, möglichst ruhig zu klingen, damit Chrissie nicht auf die Idee kam, sich Sorgen zu machen. »Wahrscheinlich hat Franzi die Radtour einfach allein unternommen und sich etwas verspätet. Sie ist ja nicht gerade die Pünktlichste.«
Chrissie kicherte. Sie schien kein bisschen besorgt um ihre Schwester zu sein. »Das kannst du laut sagen! Hör mal, ich muss jetzt Schluss machen. Gleich kommt Bernd vorbei und ich bin noch nicht gestylt.«
»Na dann, einen schönen Abend noch«, wünschte Marie und legte auf. Kim und Marie sahen sich an.
Kim war blass geworden. »Mist!«, murmelte sie. »Weißt du, was ich glaube?«
Marie nickte. »Franzi ist alleine zum Campingplatz gefahren und hat auf eigene Faust ermittelt.«

»Ob ihr etwas passiert ist?« Kim schluckte. »Vielleicht hatte sie einen Platten. Oder einen Unfall mit dem Rad …«

»Oder ihr ist auf dem Campingplatz irgendetwas zugestoßen«, fügte Marie hinzu und stand auf. Sie hatte soeben einen Entschluss gefasst. »Wir müssen zum Campingplatz fahren und sie suchen. Jetzt sofort.«

Eingesperrt

Franzi wischte sich die Tränen aus dem Gesicht und kramte in ihrer Hosentasche nach einem Taschentuch. Den Rucksack hatte Theo ihr abgenommen. Sie schnäuzte sich ausgiebig und atmete einmal tief durch.

»Heulen bringt dich jetzt auch nicht weiter«, murmelte sie, um sich selbst Mut zu machen. »Sieh lieber zu, wie du aus diesem Schlamassel wieder herauskommst!«

Franzi sah sich in dem engen Kabuff um und seufzte. Eine Flucht war quasi unmöglich. Die einzigen Ausgänge waren die Schranktür, die Theo abgeschlossen hatte, und die Dachluke, durch die Franzi beim besten Willen nicht hindurchpasste.

Sie lauschte auf die Stimmen, die leise durch die falsche Schrankwand drangen. Wahrscheinlich hielten Theo und Thomas gerade Kriegsrat und überlegten, was sie mit ihr anstellen sollten. Franzi bekam eine Gänsehaut. Sie durfte gar nicht daran denken, was sie vielleicht erwartete. Ob Theo sie so lange einsperren würde, bis sie das Lösegeld vom Fernsehsender bekommen hatten? Aber das konnte noch Wochen dauern!

Franzi versuchte, die Panik, die bei diesem Gedanken wieder in ihr aufstieg, zurückzudrängen. So schlimm würde es schon nicht werden! Thomas schien schließlich ganz vernünftig zu sein. Er würde bestimmt nicht zulassen, dass sein Bruder ihr etwas antat. Außerdem würden Kim und Marie sie sicherlich bald vermissen und nach ihr suchen. Franzi sah auf ihre Armbanduhr. Viertel vor sieben. Jetzt müssten die anderen eigentlich schon gemerkt haben, dass etwas nicht in Ordnung war. Hoffentlich zogen sie die richtigen Schlussfolgerungen! Ob sie darauf kommen würden, dass Franzi alleine zum Campingplatz gefahren war? Und ob sie herkommen und sie suchen würden? Aber wie sollten sie sie hier in diesem Kabuff finden, in einem Wohnwagen, der versteckt in der hintersten Ecke des Campingplatzes stand?

Franzi seufzte wieder. Sie konnte es drehen und wenden, wie sie wollte: Sie saß ganz schön in der Patsche.

Plötzlich öffnete sich die Schranktür und Franzi zuckte zusammen. Thomas Niedlich steckte seinen Kopf in das Kabuff und fragte: »Alles in Ordnung bei dir?«

Franzi warf ihm einen wütenden Blick zu. Was für eine blöde Frage! Gar nichts war in Ordnung und das wusste dieser Idiot ganz genau! Sie beschloss, einfach nicht zu antworten. So konnte sie sich wenigstens einen kleinen Rest Würde bewahren.

»Tut mir leid, dass es so gekommen ist«, sagte Thomas. »Ich hätte dich ja laufen lassen, aber Theo meint, du würdest uns verpfeifen.«

Franzi konnte ihm ansehen, dass er kein gutes Gefühl bei der Sache hatte. Das schlechte Gewissen war ihm geradezu ins Gesicht geschrieben. Offenbar war er nicht halb so abgebrüht wie sein Bruder. Franzi beschloss, ihre Taktik zu ändern. Sie musste versuchen, mit ihren Entführern ins Gespräch zu kommen. Und Thomas war eindeutig das schwächste Glied in der Kette. Wenn sie lange genug auf ihn einredete, würde er vielleicht irgendwann nachgeben und sie gehen lassen.

Aber natürlich nur, solange Theo nicht in der Nähe war und ihr einen Strich durch die Rechnung machte.
»Ist Theo weg?«, fragte sie und versuchte, an Thomas vorbei einen Blick in den Wohnwagen zu werfen.
Thomas nickte. »Er wollte in der Campingplatzkneipe ein Bier trinken.«
Franzi schöpfte neue Hoffnung. Das war ihre Chance! Solange Theo aus dem Weg war, konnte sie seinen Bruder ungestört bearbeiten.
»Könnte ich vielleicht etwas zu trinken bekommen?«, fragte sie und versuchte, ein klägliches Gesicht zu machen, was ihr unter den gegebenen Umständen nicht allzu schwerfiel. »Ich habe schrecklichen Durst.«
»Na klar, kein Problem.« Thomas verschwand. Kurze Zeit später tauchte er wieder auf und reichte Franzi ein Glas Wasser.
Franzi hob hilflos ihre zusammengebundenen Hände. »Damit kann ich leider kein Glas halten. Könnten Sie mir nicht die Fesseln abnehmen?«
Thomas überlegte einen Moment. »Ich weiß nicht, ob das eine so gute Idee ist …«
»Ich werde auch nicht versuchen, Sie zu überwältigen. Ehrenwort!« Franzi grinste dem Moderator zu, der mindestens zwei Köpfe größer und wesentlich kräftiger war als sie.
Thomas grinste zurück. »Na gut. Aber kein Wort davon zu Theo, okay? Sonst krieg ich Ärger.«
Franzi nickte und streckte Thomas ihre Hände hin. Er schnitt den Bindfaden mit einem Küchenmesser durch und Franzi atmete erleichtert auf. Sie massierte sich die Finger und das

durch die Fesseln aufgestaute Blut begann langsam wieder in ihren Adern zu zirkulieren.
»Vielen Dank!« Franzi schenkte dem Moderator ein strahlendes Lächeln. »Sie sind viel netter als Ihr Bruder.«
»Finde ich auch.« Thomas sah zu, wie Franzi gierig ihr Wasser trank.
»Kann ich noch ein Glas haben?«, fragte Franzi, nachdem sie zu Ende getrunken hatte. »Von der trockenen Luft hier drinnen bekommt man ja einen furchtbaren Durst.«
»Das stimmt, ich habe auch immer eine ganz trockene Kehle, wenn ich morgens aufwache. Ich bring dir noch ein Glas.« Der Moderator verschwand, und Franzi hörte, wie er den Wasserhahn aufdrehte. Sie nutzte die Gelegenheit, um durch die Schranktür in den vorderen Teil des Wohnwagens zu schlüpfen.
»He, was soll das?«, rief Thomas. »Es hat niemand etwas davon gesagt, dass du das Kabuff verlassen darfst!«
Franzi ließ sich auf der Eckbank nieder. »In dem Loch hält es doch kein Mensch aus! Die Luft ist echt zum Ersticken.«
Thomas seufzte und stellte das Wasserglas vor Franzi auf den Tisch. »Na gut, aber nur fünf Minuten, dann gehst du wieder rein, okay?«
»In Ordnung.« Franzi trank einen Schluck und beschloss, aufs Ganze zu gehen. Sie musste den Moderator unbedingt zum Reden bringen! »Gar keine schlechte Idee, das mit der vorgetäuschten Entführung. Darauf kommt bestimmt kein Mensch. Die Polizei tappt jedenfalls völlig im Dunkeln.«
»Ach ja?« Thomas Niedlich machte ein misstrauisches Gesicht. »Woher willst du das denn wissen?«

»Wir haben gute Beziehungen zu bestimmten Polizeikreisen«, sagte Franzi ganz selbstverständlich. »Das ist in unserem Job unverzichtbar.«
»Tatsächlich?« Thomas Niedlich warf ihr einen überraschten Blick zu. »Ich glaube, ich habe euch unterschätzt.«
»Das geht vielen so«, sagte Franzi. »Und genau darin besteht unsere Stärke. Aber was ich mich die ganze Zeit schon frage: Warum machen Sie das überhaupt? Diese vorgetäuschte Entführung, meine ich. Das ist doch ein ziemlich großes Risiko. Wenn die Sache auffliegt, haben Sie ein ganz schönes Problem.«
Thomas Niedlich seufzte. »Das kannst du laut sagen! Darum dreht Theo auch immer gleich durch, wenn ich mir draußen nur mal kurz die Beine vertrete. Aber wenn unser Plan funktioniert, war es den Aufwand wert.«
»Das kann ich mir vorstellen«, sagte Franzi. »Sie haben bestimmt eine ordentliche Summe von Ihrem Fernsehsender gefordert, nicht wahr? Lassen Sie mich raten – zehntausend Euro?«
Der Moderator grinste. »Spinnst du? Für die paar Kröten würde ich mich bestimmt nicht wochenlang in dieser Blechkiste verkriechen.«
»Fünfzigtausend?«, riet Franzi weiter.
Thomas Niedlich schüttelte den Kopf.
»Fünfhunderttausend?«
»Schon besser.«
Franzi ließ den Moderator nicht aus den Augen. Sie spürte, dass sie ganz nah an der richtigen Antwort dran war. »Doch nicht etwa – eine Million?«, fragte sie mit heiserer Stimme.

Thomas Niedlich nickte. Seine Augen glänzten. »Du hast es erfasst. Eine Million Euro und keinen Cent weniger!«

»Wahnsinn!«, hauchte Franzi. »Aber wozu brauchen Sie denn so viel Geld? Als Moderator verdienen Sie doch sowieso schon jede Menge!«

Thomas Niedlich schnaufte verächtlich. »Das hab ich auch immer gedacht! Aber soll ich dir mal was verraten? Als Fernsehmoderator verdient man nicht halb so gut, wie alle glauben. Am Anfang dachte ich noch, ich hätte endlich ausgesorgt. Ich hab das Geld mit vollen Händen ausgegeben, ohne auf meinen Kontostand zu achten: eine riesige Villa in Berlin, drei Sportflitzer, teure Partys, Champagner, Kaviar, Luxushotels, Reisen in exotische Länder ...«

»Und irgendwann war das Geld weg?«, fragte Franzi.

»Genau.« Der Moderator seufzte. »Ich musste einen Kredit aufnehmen, um meinen luxuriösen Lebensstil aufrechterhalten zu können. Und als mir die Bank kein Geld mehr geben wollte, habe ich mir anderswo was geliehen. Was sich hinterher als großer Fehler herausgestellt hat ...«

Franzi nickte. So langsam verstand sie, wie es so weit gekommen war. »Und dann ist Ihnen die Idee mit der Entführung gekommen.« Es war eher eine Feststellung als eine Frage.

»Mir blieb gar keine andere Wahl«, rechtfertigte sich der Moderator. »Ich brauchte dringend Geld – und zwar eine ganze Menge. Weil ich die Sache nicht alleine durchziehen konnte, habe ich Theo mit ins Boot geholt. Wir haben eigentlich kein besonders gutes Verhältnis. Aber er war natürlich scharf auf die Kohle, darum hat er sich bereit erklärt, mir zu helfen.«

Franzi hatte auch das zweite Glas leer getrunken und stellte es auf den Tisch. Dabei fiel ihr Blick auf ein Handy, das zwischen einem überquellenden Aschenbecher und mehreren zerfledderten Zeitschriften auf einem kleinen Regal direkt neben der Sitzecke lag. Es war ihr Handy! Thomas musste es dorthin gelegt haben. Franzi dachte blitzschnell nach. Sie musste es irgendwie schaffen, das Handy unbemerkt an sich zu nehmen. Dann konnte sie nachher, wenn sie wieder im Kabuff saß, Kim und Marie verständigen.

»Äh – könnte ich vielleicht noch ein Glas Wasser haben?«, fragte Franzi und versuchte, ein harmloses Gesicht zu machen. Eigentlich hatte sie überhaupt keinen Durst mehr, aber sie musste Thomas irgendwie ablenken.

»Meine Güte, du säufst ja wie ein Loch!« Thomas nahm das Glas und ging zur Spüle hinüber. Als er Franzi einen Moment lang den Rücken zuwandte, um den Wasserhahn aufzudrehen, griff sie nach dem Handy und schaltete es ein. Dann ließ sie es schnell in ihrer Hosentasche verschwinden. Hoffentlich merkte Thomas nicht, dass das Handy verschwunden war!

»Na, dann prost!« Der Moderator stellte das volle Wasserglas vor Franzi auf den Tisch.

Franzi lächelte leicht und prostete Thomas Niedlich zu. »Vielen Dank. Auf Ihr Wohl!«

Nachts auf dem Campingplatz

Es war bereits dunkel, als Marie und Kim auf ihren Fahrrädern in den Waldweg zum Campingplatz einbogen.
»Gleich müssten wir da sein.« Marie trat kräftig in die Pedale.
Kim kam kaum hinterher. »Gut, dass wir uns den Weg vorher auf dem Stadtplan angeschaut haben«, keuchte sie. »Ich wäre nie im Leben darauf gekommen, dass es hier mitten im Wald noch einen Campingplatz gibt.«
Im Schein von Maries Fahrradlicht tauchte ein großes Eisentor auf. Es war geschlossen.
»Hier ist es!« Marie sprang von ihrem Fahrrad. Das Licht erlosch und die Mädchen waren plötzlich von rabenschwarzer Dunkelheit umgeben. Der Mond war gerade hinter einer dicken Wolke verschwunden.
»Mist! Man sieht ja nicht mal die Hand vor Augen!«, schimpfte Kim ärgerlich.
»Augenblick! Das haben wir gleich«, ertönte Maries Stimme weiter vorne. Dann blitzte ein heller Lichtschein auf. Maries Taschenlampe! Kim atmete erleichtert auf. Sie hasste Dunkelheit!
Kim und Marie stellten ihre Fahrräder neben dem Eisentor ab. Marie hatte eine kleine Pforte im Tor entdeckt und drückte die Klinke hinunter.
»Na also, wer sagt's denn«, murmelte sie zufrieden, als die Pforte leise quietschend aufschwang. »Komm, wir sehen uns ein bisschen auf dem Platz um.«

Kim wollte ihrer Freundin gerade folgen, als der Mond wieder zum Vorschein kam und die Umgebung in fahles Licht tauchte. Kim blieb wie angewurzelt stehen. »Warte!« Sie zeigte auf eine große Tanne. »Leuchte mal den Baum dort an. Da hat gerade etwas im Mondlicht geglänzt.«

Marie schwenkte die Taschenlampe zu der Tanne hinüber und stieß einen überraschten Schrei aus. »Na, so was! Das ist doch Franzis Fahrrad!«

Es war kein Zweifel möglich. Was Kim und Marie dort im hellen Schein der Taschenlampe sahen, war eindeutig Franzis Rad. Kim schluckte. Wenn ihr Fahrrad hier war, konnte Franzi auch nicht weit sein. Aber wo steckte sie? War ihr tatsächlich etwas zugestoßen? Und wenn ja, was? In Kims Magen bildete sich ein eiskalter Angstklumpen.

»Franzi ist also wirklich alleine hergefahren.« Maries Stimme klang heiser. »Los, wir müssen sie suchen!«

Marie stürmte durch die Pforte auf den Campingplatz. Kim folgte ihr mit gemischten Gefühlen. Der dunkle Platz mitten im Wald war ihr unheimlich. Hier waren sie vollkommen auf sich gestellt. Was, wenn irgendwo in der Dunkelheit Thomas Niedlichs Entführer lauerten und nur darauf warteten, sie zu schnappen? Was, wenn sie direkt in eine Falle liefen?

»Da drüben brennt noch Licht!« Marie zeigte auf ein kleines Holzhaus neben dem Tor. »Sieht aus wie die Anmeldung. Sollen wir da mal nachfragen? Vielleicht wurde Franzi ja von irgendjemandem gesehen.«

»Gute Idee.« Kim war erleichtert, dass sie der Dunkelheit erst mal entkommen würden, und betrat hinter Marie das Gebäude.

Sie kamen in einen kleinen Raum mit einem Empfangstresen, hinter dem ein älterer Mann saß und beim Schein einer trüben Schreibtischlampe in einer Illustrierten blätterte.

»Guten Abend«, grüßte Marie. »Entschuldigen Sie bitte die späte Störung.«

Der Mann sah auf und lächelte den Mädchen zu. »Kein Problem! Was kann ich für euch tun?«

»Wir sind auf der Suche nach unserer Freundin«, erklärte Kim. »Sie muss irgendwann heute Nachmittag hier gewesen sein. Klein, zierlich, rote Haare. Haben Sie sie vielleicht gesehen?«

Der Mann nickte. »Allerdings. Sie ist mir gleich aufgefallen, weil sie keine von meinen Gästen war. Ich kenne nämlich alle Camper hier auf dem Platz. Die meisten sind Stammgäste und kommen jedes Jahr wieder. Und seit einiger Zeit haben wir sogar einen Dauercamper. Tja, aber dieses Mädchen hatte ich noch nie gesehen.«

»Wann war sie denn hier?«, fragte Kim gespannt. »Können Sie sich noch an die Uhrzeit erinnern?«

Der Mann überlegte. »Das muss so gegen vier gewesen sein. Ich saß hier am Tresen und hab mich gerade mit Herrn und Frau Fleischmann unterhalten, als sie draußen vorbeiging. Ich wollte sie noch fragen, ob ich ihr helfen kann, aber da war sie schon verschwunden.«

»Und sie ist nicht wieder zurückgekommen?«, fragte Marie.

Der Platzwart schüttelte den Kopf. »Nein, nicht dass ich wüsste. Ich hab sie jedenfalls nicht gesehen und ich hab die Pforte die meiste Zeit im Blick. Heutzutage treibt sich schließ-

lich eine Menge Gesindel in der Weltgeschichte herum, da kann man nicht vorsichtig genug sein …«
Kim und Marie wechselten einen Blick. Wenn Franzi nicht zurückgekommen war, musste sie immer noch auf dem Platz sein. Fragte sich nur, wo.
»Können Sie uns vielleicht sagen, wo wir den Wohnwagen von Theo Niedlich finden?«, fragte Kim. »Er wohnt doch hier auf dem Platz, oder?«
»Ja, das stimmt. Er ist der Dauercamper, den ich gerade erwähnt habe. Theo wohnt schon seit einigen Monaten hier.« Der Platzwart schlug einen vertraulichen Ton an. »Ich glaube, er hat Geldschwierigkeiten. Sein Wohnwagen ist ziemlich heruntergekommen. Er steht ganz hinten auf dem Platz, direkt am Fluss. Ihr müsst den Hauptweg bis zum Ende hinuntergehen und dann links abbiegen. Aber im Dunkeln ist es nicht leicht zu finden. Soll ich mitkommen und euch den Weg zeigen?«
Marie schüttelte schnell den Kopf. »Vielen Dank, das ist nicht nötig. Wir schaffen das schon. Zum Glück haben wir ja eine Taschenlampe dabei.«
»Was wollt ihr überhaupt von Theo?«, fragte der Platzwart. »Weiß er, dass ihr kommt?«
»Nein, wir wollen ihn überraschen«, erklärte Marie und zwinkerte dem Platzwart verschwörerisch zu. »Er ist mein Onkel, wissen Sie? Sie werden ihm doch nichts verraten, oder?«
Der Platzwart lächelte verständnisvoll. »Natürlich nicht. Einen schönen Abend noch!«
»Danke, gleichfalls«, erwiderte Kim.

Als sie und Marie das Holzhaus verließen, war der alte Mann schon wieder in seine Zeitschrift vertieft.
»Meinst du, wir sollten wirklich alleine zu Theo Niedlichs Wohnwagen gehen?«, fragte Kim, während sie neben Marie den Hauptweg hinunterlief. »Das könnte gefährlich werden. Was auch immer Franzi zugestoßen ist, uns könnte dasselbe passieren. Vielleicht sollten wir besser Kommissar Peters alarmieren.«
Doch Marie schüttelte den Kopf. »Was sollen wir dem Kommissar denn erzählen? Wir wissen doch gar nicht, ob überhaupt etwas passiert ist. Außerdem dauert es viel zu lange, bis die Polizei hier draußen ist. Wir sollten den Wohnwagen von diesem Theo erst mal selbst unter die Lupe nehmen. Wenn wir eine Spur von Franzi finden, können wir Kommissar Peters ja immer noch rufen.«
Kim nickte. Obwohl sie ruhig zu bleiben versuchte, merkte sie, wie sich die altbekannte Angst in ihrem Inneren ausbreitete. Warum konnte sie nicht so unerschrocken und mutig sein wie Franzi und Marie? Immer hatte sie in brenzligen Situationen mit ihren Angstattacken zu kämpfen!
Kim warf einen schnellen Blick auf die dunklen Schatten zwischen den Bäumen. Sich hier zu verstecken und jemandem aufzulauern, war ein Kinderspiel. Zum Glück gab es wenigstens vereinzelt Laternen, die trübes Licht auf den Weg warfen. Rechts und links tauchten ab und zu Wohnwagen oder Zelte wie schlafende Ungeheuer aus der Dunkelheit auf. Es war still, die meisten Camper schienen bereits in ihren Betten zu liegen. Nur vereinzelt drangen gedämpfte Stimmen oder leise Musik aus dem einen oder anderen Wohnwagen.

»Da vorne ist der Fluss«, sagte Marie und zeigte auf das schwarze Wasser, das im Mondlicht glitzerte. »Das heißt, hier müssen wir abbiegen.«
Der schmale Pfad, den sie jetzt betraten, war nicht mehr beleuchtet. Marie knipste ihre Taschenlampe an und der Lichtkegel hüpfte über hohes Gras, Baumwurzeln und Tannenzapfen. Kim hielt sich dicht hinter Marie, während sie sich langsam und beinahe lautlos immer tiefer in den Wald vortasteten. Die dicke Schicht aus Tannennadeln, die den Weg bedeckte, verschluckte das Geräusch ihrer Schritte fast komplett.
Plötzlich huschte ein Schatten über den Weg und Kim stieß einen spitzen Schrei aus.
Marie zuckte zusammen und drehte sich ärgerlich zu ihr um. »Musst du mich so erschrecken? Mann, das war doch nur ein harmloses Kaninchen!«
»Tut mir leid«, sagte Kim kleinlaut. »Aber ich finde es irgendwie ziemlich unheimlich hier.«
»Keine Sorge, uns passiert schon nichts«, beruhigte Marie ihre Freundin. »Das ist doch nur ein ganz normaler Wald! Außer Kaninchen, Eulen und vielleicht dem einen oder anderen Fuchs gibt es hier absolut nichts zu befürchten.«
Kim musste an Franzi denken, die irgendwo hier in diesem »harmlosen Wald« verschwunden war, und es lief ihr kalt den Rücken hinunter. Aber das behielt sie lieber für sich, damit Marie sie nicht für einen kompletten Angsthasen hielt.
»Dahinten brennt Licht!«, flüsterte Marie plötzlich und knipste die Taschenlampe aus.
Pechschwarze Dunkelheit umgab die Mädchen und Kim

klammerte sich automatisch an Maries Arm. Nachdem sich ihre Augen an die Dunkelheit gewöhnt hatten, sah Kim es auch. Am Ende des Pfades drang ein schwacher Lichtschein zwischen den Zweigen einer hohen Tanne hindurch.

»Das muss der Wohnwagen von Theo Niedlich sein«, raunte Kim Marie zu. »Wir haben ihn tatsächlich gefunden!«

»Lass uns näher herangehen! Vielleicht können wir dann einen Blick durchs Fenster werfen.« Marie schlich zwischen den Bäumen hindurch in Richtung Wohnwagen und Kim folgte ihr. Um nichts in der Welt wollte sie alleine in diesem Wald zurückbleiben.

Der Wohnwagen sah wirklich ziemlich schäbig aus. Er stand hinter zwei großen Tannen versteckt und wurde von hüfthohem Gras eingerahmt. Trotzdem wirkte das schwache Licht, das aus den Fenstern auf das Gras fiel, in der Schwärze der Nacht beinahe einladend. Leider versperrten zerschlissene Vorhänge mit altmodischem Blümchenmuster die Sicht ins Innere.

»Mist!«, schimpfte Marie leise. »Man kann überhaupt nichts sehen.«

»Und was machen wir jetzt?«, fragte Kim. »Sollen wir einfach anklopfen?«

Während die Mädchen noch vor dem Wohnwagen standen und überlegten, was sie tun sollten, ertönte plötzlich ein leises Knacken im Wald hinter ihnen. In der Stille der Nacht klang es so laut wie ein Pistolenschuss. Kim fuhr herum und versuchte mit vor Angst geweiteten Augen, die Dunkelheit zwischen den Bäumen zu durchdringen. Aber sie konnte absolut nichts erkennen.

»Was war das?«, flüsterte sie. »Hast du das auch gehört?«
Marie nickte und leuchtete mit der Taschenlampe in die Richtung, aus der das Knacken gekommen war. Aber außer Bäumen, Gras und Tannennadeln war nichts zu sehen. »Das war bestimmt nur ein Kaninchen«, murmelte Marie, doch so richtig überzeugt klang sie nicht.
»Lass uns abhauen!«, sagte Kim beschwörend. »Hier stimmt was nicht! Ich hab ein total ungutes Gefühl.«
Aber bevor sie etwas unternehmen konnten, tauchte ein dunkler Schatten zwischen den Bäumen auf und kam direkt auf sie zu.
Marie richtete blitzschnell die Taschenlampe auf die Gestalt. Kim sah, dass ihre Hand leicht zitterte. Im Schein der Lampe erblickten sie einen bulligen Mann mit Halbglatze und einem grimmigem Gesichtsausdruck.
»Halt! Stehen bleiben!«, rief Marie, aber der Mann hörte nicht auf sie. Mit wenigen Schritten war er bei ihnen und baute sich drohend vor den Mädchen auf. »Wer seid ihr? Was habt ihr hier zu suchen?«, polterte er los.
Kim räusperte sich. »Sind Sie Theo Niedlich?«, fragte sie. Zum Glück klang ihre Stimme halbwegs normal.
Der Mann warf ihr einen misstrauischen Blick zu. »Wer will das wissen?«
Kim beschloss, mit offenen Karten zu spielen. »Mein Name ist Kim Jülich. Meine Freundin Marie und ich, wir interessieren uns für die Entführung Ihres Bruders Thomas. Dürften wir Ihnen dazu ein paar Fragen stellen?«
»Nein«, antwortete Theo Niedlich unfreundlich. »Macht, dass ihr wegkommt! Ihr habt hier nichts zu suchen.«

»Können wir nicht kurz reinkommen?«, bat Marie, die nicht so schnell aufgeben wollte. Sie mussten unbedingt einen Blick in den Wohnwagen werfen, um nach Spuren von Franzi Ausschau zu halten.

»Wenn ihr nicht auf der Stelle verschwindet, rufe ich die Polizei!« Theo Niedlich warf ihnen einen Angst einflößenden Blick zu, dann ging er zum Wohnwagen und kramte in seiner Hosentasche nach dem Schlüssel. Während er die Tür aufschloss, holte Kim ihr Handy hervor.

»Immer noch keine Nachricht von Franzi«, raunte sie Marie zu. »Ich versuche noch mal sie anzurufen. Vielleicht hat sie ihr Handy ja inzwischen wieder angestellt.«

Kim blätterte ihr Telefonbuch durch, drückte auf Franzis Nummer und hielt das Handy ans Ohr. Im selben Moment ertönte ganz in der Nähe die Titelmelodie der *Vorstadtwache*. Franzis Klingelton! Kim und Marie fuhren herum. Theo Niedlich erstarrte.

»Das Klingeln kommt aus dem Wohnwagen!«, rief Marie. »Franzi, wir sind hier!«

Und dann ging plötzlich alles sehr schnell.

Nichts wie weg!

Franzi saß auf der Cordbank und nippte an ihrem dritten Glas Wasser. So langsam konnte sie kein Leitungswasser mehr sehen.

Ihr gegenüber saß Thomas Niedlich und fuhr sich mit seiner beringten Hand durch die ungestylten Haare. Sein Gesicht sah grau aus und Franzi fielen zum ersten Mal die dunklen Ringe unter seinen Augen auf. Ungeschminkt sah er nur halb so gut aus wie im Fernsehen. Franzi musste beinahe grinsen, als sie daran dachte, dass viele Mädchen – unter ihnen auch Chrissie und Marie – ihr letztes Hemd dafür geben würden, mit dem Starmoderator in einem winzigen Wohnwagen sitzen und die halbe Nacht verplaudern zu können.

»Ich habe alles falsch gemacht!«, seufzte Thomas Niedlich. »Mein ganzes Leben ist eine einzige Lüge. Soll ich dir was sagen? All diesen Luxus brauche ich eigentlich nur, um mich davon abzulenken, dass ich in Wirklichkeit total unzufrieden bin. Ich wollte immer reich und berühmt sein. Ich habe mein Ziel erreicht, aber um welchen Preis? Tag für Tag muss ich eine alberne Quizshow moderieren – und auch noch so tun, als würde mir das Spaß machen! Meine alten Freunde habe ich verloren, weil ich nie Zeit für sie hatte. Und meine neuen Freunde sind eigentlich gar keine. Sie interessieren sich nur für mich, weil ich ein Star bin.«

Franzi verdrehte die Augen. Diese permanente Jammerei ging ihr total auf die Nerven. Wie konnte ein erwachsener Mensch nur so weinerlich sein?

»Jetzt machen Sie aber mal einen Punkt!«, sagte sie streng. »Herumjammern bringt Sie auch nicht weiter. Warum ändern Sie nicht einfach etwas an Ihrem Leben, wenn Sie so unzufrieden damit sind? Es zwingt Sie schließlich niemand dazu, *Quiz für Kids* zu moderieren. Ich finde die Sendung übrigens auch total albern, aber das nur nebenbei. Und was das Thema Freunde angeht: Liz Sander schien sich nicht nur für Sie zu interessieren, weil Sie ein Star sind. Aber Sie haben sie trotzdem eiskalt fallen gelassen. Das ist nicht gerade die feine Art!«

Thomas Niedlich machte ein beschämtes Gesicht. »Stimmt, Liz gegenüber habe ich mich wirklich benommen wie ein Schwein. Wenn ich aus dieser Entführungsgeschichte jemals heil herauskommen sollte, werde ich mich als Erstes bei Liz entschuldigen, das bin ich ihr schuldig.« Er rieb sich die müden Augen und begann plötzlich hysterisch zu lachen. »Was mache ich hier eigentlich? Ich diskutiere meine Beziehungsprobleme und mein verkorkstes Leben mit einer Zwölfjährigen!«

»Ich bin dreizehn, okay?«, stellte Franzi klar. »Und im Augenblick kommt es mir so vor, als hätte ich mehr Durchblick als Sie!«

Sie wollte noch etwas hinzufügen, da fing plötzlich das Handy in ihrer Hosentasche an zu klingeln. Franzi zuckte zusammen und war einen Moment wie gelähmt. Das mussten Kim oder Marie sein, die vermutlich schon seit einer ganzen Weile verzweifelt versuchten, sie zu erreichen!

Thomas Niedlich starrte sie verwirrt an. »Was zum Teufel ist das denn?«

Im selben Moment hörte Franzi eine Stimme, die ihr ausgesprochen bekannt vorkam.
»Das Klingeln kommt aus dem Wohnwagen! Franzi, wir sind hier!«
Marie! Eine Woge der Erleichterung durchflutete Franzi. Ihre Freundinnen hatten sie gefunden! Sie hatten sie nicht im Stich gelassen! Sie waren hier! Draußen vor dem Wohnwagen!
Thomas Niedlich erhob sich. »Was ist denn da draußen los?«
Franzi reagierte blitzschnell. Sie griff nach dem noch fast vollen Glas vor sich auf dem Tisch und schüttete dem Moderator das Wasser direkt ins Gesicht. Dann sprang sie auf und stürzte zur Tür.
Und wenn Theo uns eingeschlossen hat?, schoss es ihr durch den Kopf. Aber die Tür ließ sich ohne Probleme öffnen und Franzi stolperte ins Freie. Fast wäre sie über die Füße von Theo Niedlich gestolpert, der neben dem Wohnwagen im Gras lag und gerade dabei war, sich stöhnend aufzurappeln. Offenbar hatten Marie und Kim ihn zur Seite gestoßen, nachdem sie das Klingeln von Franzis Handy gehört hatten.
»Franzi!«, kreischte Marie und fiel ihrer Freundin um den Hals. »Alles in Ordnung? Geht es dir gut?«
Ehe Franzi antworten konnte, brüllte Theo Niedlich: »Thomas! Wo steckst du? Komm sofort her und hilf mir, diese Gören einzufangen!«
»Nichts wie weg hier!«, rief Kim und rannte los. Marie und Franzi folgten ihr, ohne auch nur eine Sekunde zu zögern.

»Schneller!«, keuchte Franzi, während sie durchs Unterholz jagten. Zweige schlugen ihr ins Gesicht, und sie versuchte, nicht über irgendwelche Baumwurzeln zu stolpern.
»Bleibt stehen!«, brüllte Theo Niedlich hinter ihnen. Er hatte die Verfolgung aufgenommen und Franzi konnte seine schweren Schritte auf dem weichen Waldboden hören. Es klang, als wäre eine ganze Elefantenherde hinter ihnen her. Obwohl der Künstler nicht gerade sportlich aussah, legte er ein ganz schönes Tempo vor und holte immer mehr auf.
»Ich … kann … nicht … mehr!«, japste Kim und hielt sich mit schmerzverzerrtem Gesicht die rechte Seite.
»Seitenstechen?«, rief Marie und Kim nickte.
»Nicht aufgeben!«, spornte Franzi sie an. »Du schaffst es! Gleich sind wir in Sicherheit!«
Doch Kim wurde immer langsamer. Und die Elefantenschritte von Theo Niedlich kamen immer näher.
»Los, Kim, Endspurt!«, rief Franzi.
Kim biss die Zähne zusammen und wurde wieder schneller. Jetzt hatten sie den Wald hinter sich gelassen und bogen auf den Hauptweg ein. Hier fiel ihnen das Laufen leichter. Theo Niedlich hatte aufgehört zu brüllen, doch Franzi konnte seinen rasselnden Atem in ihrem Rücken hören.
Die drei !!! spurteten, so schnell sie konnten, über den dunklen Campingplatz. Die Laternen waren inzwischen ausgegangen und tiefe Stille lag über dem Gelände. Alle Camper schienen zu schlafen.
»Zur Anmeldung!«, keuchte Franzi. »Schnell!«
Sie ließen die Wohnwagen rechts und links vom Hauptweg hinter sich und hielten auf das kleine Holzhaus zu, in dem

sich die Anmeldung befand. Es war das einzige Gebäude auf dem Platz, aus dem noch ein schwacher Lichtschein drang. Der Platzwart schien noch wach zu sein. Wenn sie es bis dahin geschafft hatten, waren sie in Sicherheit!
Doch allmählich ging auch Franzi die Puste aus. Die Aufregungen des Tages hatten sie offenbar stärker geschwächt, als sie angenommen hatte. Außerdem hatte sie seit heute Mittag nichts mehr gegessen und ihr Magen war nur noch ein gähnend leeres Loch. Ihre Beine fühlten sich an wie Gummi. Plötzlich stolperte sie über einen auf dem Weg liegenden Stein.
»Mist!«, fluchte sie, als sie unsanft auf dem Boden landete. Ein stechender Schmerz durchzuckte ihr Knie.
»Was ist los?« Marie stoppte so abrupt, dass Kim sie beinahe umgerannt hätte. »Steh auf, Franzi, wir müssen weiter!«
Franzi kam wieder auf die Füße, aber ihr Knie tat so weh, dass sie nur humpeln konnte. Sie warf einen Blick über ihre Schulter. Theo Niedlich hatte sie fast erreicht! Hinter ihm erkannte Franzi die schlanke Gestalt seines Bruders. Gleich würden die beiden sie überwältigen und zurück in den Wohnwagen schleifen …
Da tauchten Kim und Marie neben ihr auf und griffen ihr unter die Arme. Gemeinsam hievten sie Franzi die letzten Meter zu dem kleinen Holzhäuschen hinüber. Kim stieß die Tür auf und die drei !!! stolperten mit letzter Kraft in den schmalen Raum.
Der alte Mann saß immer noch hinter dem Empfangstresen und war in seine Zeitschrift vertieft. Als die Mädchen hereinstürmten, hob er den Kopf und zwinkerte überrascht.

»Nanu!«, wunderte er sich. »Was ist denn mit euch los? Ihr seht ja aus, als wäre der Teufel hinter euch her!«
Franzi ließ sich erschöpft auf einen Stuhl fallen. Ihr Knie brannte wie Feuer, und sie sah, dass sie sich bei ihrem Sturz eine ordentliche Schürfwunde zugezogen hatte. Ihre Jeans war über dem Knie zerrissen und aus dem Loch sickerte Blut.
»Sie müssen uns helfen!«, keuchte Marie und sah zur Tür. »Wir werden von zwei Verbrechern verfolgt!«
»Na, na, immer mit der Ruhe.« Der alte Mann nahm seine Brille ab und putzte sie sorgfältig. »Auf meinem Campingplatz gibt es keine Verbrecher.«
»Leider doch«, sagte Kim. »Und darum rufe ich jetzt die Polizei.« Sie zückte ihr Handy und tippte die Nummer von Kommissar Peters ein.
Franzi warf einen Blick aus dem Fenster. Doch Theo und Thomas Niedlich waren spurlos verschwunden. Der Campingplatz lag ruhig und friedlich in der Dunkelheit. Fast hätte man meinen können, die wilde Verfolgungsjagd wäre nichts als ein böser Traum gewesen.

Es dauerte ganze dreizehneinhalb Minuten, bis Kommissar Peters mit quietschenden Reifen vor dem Eisentor des Campingplatzes hielt. Franzi grinste. Der Kommissar musste die ganze Strecke über Vollgas gegeben haben. Kein Wunder nach Kims Anruf! Sie hatte ihm kurz die wichtigsten Fakten geschildert und den Kommissar gebeten, sofort vorbeizukommen. Wenn es darum ging, komplizierte Zusammenhänge knapp und präzise auf den Punkt zu bringen, war Kim wirklich unschlagbar!

Franzi stand auf, als sie den Kommissar über den Kiesweg kommen hörte. Ihr Knie tat zum Glück nicht mehr ganz so weh. Der Platzwart hatte netterweise seinen Erste-Hilfe-Kasten aus dem Hinterzimmer geholt, die Wunde desinfiziert und verbunden. Jetzt spürte Franzi den Schmerz nur noch als ein dumpfes Pochen.
Kommissar Peters betrat forschen Schrittes den Raum. Hinter ihm erschien sein Kollege, Polizeimeister Conrad.
»Was ist hier los?«, fragte der Kommissar streng.
Marie lächelte ihm besänftigend zu. »Nichts Besonderes. Abgesehen davon, dass wir wissen, wer Thomas Niedlich entführt hat.«
»Sie können den Fall als gelöst betrachten«, fügte Kim hinzu.
Franzi grinste. »Sorry, aber wir waren leider schneller als Sie!«
Der Kommissar schaute verblüfft von einem Mädchen zum anderen, während die drei !!! in befreiendes Lachen ausbrachen.

Franzis großer Auftritt

Detektivtagebuch von Kim Jülich
Sonntag, 12:05 Uhr

Der Fall Thomas Niedlich ist gelöst! Ich kann immer noch nicht glauben, dass wir es geschafft haben! Kommissar Peters war gestern Abend ziemlich überrascht, als wir ihm die ganze Geschichte erzählt haben. Erst war er ein bisschen sauer, weil wir seine Anweisungen missachtet und weiterermittelt haben. Aber dann musste er doch zugeben, dass wir gute Arbeit geleistet haben.
Er hat sofort Verstärkung angefordert und den gesamten Campingplatz absuchen lassen. Die Camper waren ganz schön überrascht, als sie mitten in der Nacht von der Polizei aus den Betten geholt wurden!
Die Polizisten haben jedes Zelt und jeden Wohnwagen durchsucht und den ganzen Wald durchkämmt. Sie hatten sogar Hunde dabei! Aber Theo und Thomas Niedlich blieben verschwunden. Ihr Wohnwagen war leer und das Auto von Theo Niedlich war weg. Die beiden müssen die Flucht ergriffen haben, nachdem wir ihnen entkommen waren. Sie konnten sich natürlich denken, dass wir ihnen die Polizei auf den Hals hetzen würden, und darum haben sie sich abgesetzt.
Aber Kommissar Peters meint, dass sie bestimmt bald gefasst werden. Er hat sie sofort zur Fahndung ausgeschrieben. Außerdem ist Thomas Niedlich so berühmt, dass er sich nirgendwo lange verstecken kann, ohne erkannt zu werden. Tja, Ruhm kann eben manchmal auch ein echter Nachteil sein!

Übrigens ist meine Mutter natürlich mal wieder beinahe in Ohnmacht gefallen, als Kommissar Peters mich gestern Nacht nach Hause gebracht hat. Sie kann sich einfach nicht daran gewöhnen, dass ich mich gerne mit Kriminalfällen beschäftige. Statt sich zu freuen, dass Marie, Franzi und ich so erfolgreich sind, hat sie mir erst mal eine Standpauke gehalten. Sie wollte mir sogar Hausarrest aufbrummen! Aber da hat mein Vater zum Glück eingegriffen und mich verteidigt. Ben und Lukas sind von dem ganzen Krach natürlich auch wach geworden und wollten sofort wissen, was los war. Als sie gehört haben, dass ich in einem Streifenwagen nach Hause gebracht worden bin, waren sie richtig beeindruckt. Zum Glück hatte Mama dann alle Hände voll damit zu tun, die beiden aufgedrehten Nervensägen wieder ins Bett zu bringen, sodass sie abgelenkt war und nicht länger mit mir schimpfen konnte. Hoffentlich kriegt sie sich bald wieder ein!
Ich überlege übrigens, ob ich meinen Berufswunsch noch einmal überdenken sollte. Mit meinem Krimi komme ich einfach nicht weiter, weil ich immer so mit dem Detektivclub beschäftigt bin. Außerdem finde ich es eigentlich viel spannender, echte Fälle zu lösen, als mir nur welche auszudenken und aufzuschreiben.
Vielleicht sollte ich nicht Krimiautorin, sondern Detektivin werden! Dann könnte ich ja nebenher trotzdem noch die eine oder andere Krimigeschichte schreiben – wenn gerade mal eine kleine Auftragsflaute herrscht. Das ist doch die ideale Kombination, oder?! Bin völlig begeistert von meiner Zukunftsplanung. Aber meiner Mutter erzähle ich lieber nichts davon …

Geheimes Tagebuch von Kim Jülich
Sonntag, 12:31 Uhr

Ich habe einen Entschluss gefasst: Ich muss endlich mit Franzi reden! Es wird höchste Zeit, dass wir die Sache mit Michi klären. Meine Wut auf Franzi ist während der aufregenden Ereignisse des gestrigen Tages fast komplett verraucht. Wenn man sich in großer Gefahr befindet, bekommen die Dinge plötzlich eine ganz andere Bedeutung. Als Franzi auf einmal verschwunden war und wir nicht wussten, was mit ihr passiert ist, habe ich erst so richtig gemerkt, wie wichtig sie mir ist. Franzi ist – neben Marie – meine beste Freundin und einer der Menschen, die mir am nächsten stehen. Ich will nicht, dass unsere Freundschaft wegen so einer blöden Liebesgeschichte kaputtgeht!
Ich habe beschlossen, dass ich die Dinge so akzeptieren muss, wie sie sind. Wenn Franzi und Michi sich wirklich ineinander verliebt haben, kann ich es sowieso nicht ändern. Dann muss ich irgendwie damit klarkommen – so schwer mir das auch fällt.
Aber ich habe nach wie vor einen kleinen Rest Hoffnung. Vielleicht ist ja doch alles ganz anders, als ich denke …

»Habt ihr es schon gehört? Thomas Niedlich und sein Bruder wurden gefasst!« Marie kam aufgeregt auf Kim und Franzi zu, die vor der Stadthalle auf sie warteten. »Sie wollten sich nach Holland absetzen, aber einer der Grenzbeamten hat sie erkannt und sofort festgenommen.«
»Wir wissen schon Bescheid. Kommissar Peters hat Franzi und mich ebenfalls angerufen«, sagte Kim. Sie strahlte über

das ganze Gesicht. »Damit ist der Fall endgültig abgeschlossen! Das müssen wir nachher unbedingt feiern!«

Franzi trat nervös von einem Bein aufs andere. »Aber vorher muss ich noch diesen dämlichen Auftritt bei *Quiz für Kids* hinter mich bringen. Ich kann immer noch nicht glauben, dass ich mich bereit erklärt habe, für Anna einzuspringen. Warum musste sie auch ausgerechnet jetzt krank werden?«

Franzi warf Kim und Marie einen flehenden Blick zu. »Es hat nicht zufällig von euch jemand Lust, für mich einzuspringen und sich auf den Quizstuhl zu setzen?«

Kim grinste. »Ich verstehe gar nicht, warum du so aufgeregt bist. Der Auftritt kann dir doch eigentlich völlig egal sein – schließlich handelt es sich nur um eine total *alberne* Quizshow.«

»Genau.« Auch Marie hatte kein Mitleid mit Franzi. »Eine gute Freundin von mir hat mal gesagt, *Quiz für Kids* schauen sowieso nur Idioten. Also ist es halb so wild, wenn du schon bei der ersten Frage versagst und dich komplett lächerlich machst.«

Kims Mundwinkel zuckten. Sie sah Marie an und beide prusteten los.

»Ja, ja, macht euch nur lustig über mich!«, brummte Franzi ein wenig beleidigt. Aber dann musste sie doch grinsen. »Wenn ich tatsächlich gleich bei der ersten Frage versage, könnt ihr schon mal meine Beerdigung planen. Dann lasse ich mich nämlich einsargen.«

Kim legte den Arm um Franzis Schulter. »Du schaffst das schon! Wir drücken dir beide ganz fest die Daumen, dann kann gar nichts schiefgehen.«

»Genau.« Marie nickte. »Und für jede richtig beantwortete Frage gebe ich dir nachher im *Café Lomo* einen *Kakao Spezial* aus, okay?«
Franzi lachte. »Dann kann ich nur hoffen, dass ich es nicht allzu weit bringe – sonst ist mir heute Abend bestimmt kotzübel!«

Franzi fuhr sich nervös durch die Haare und überprüfte noch einmal, ob ihr Kopfmikrofon richtig saß.
Hinter ihr hatten sich ihre Mitschüler auf den Zuschauerrängen niedergelassen und quatschten aufgeregt miteinander. Franzi hätte sonst was darum gegeben, jetzt bei ihnen zu sein und in der Menge zu verschwinden, statt ganz alleine in der Mitte des Studios auf dem Präsentierteller zu sitzen.
»Ruhe im Studio!«, rief ein Techniker aus dem Hintergrund und zählte bis null.
Allmählich verstummten die Gespräche und es wurde still. Dann gingen die Scheinwerfer an und Franzi blinzelte geblendet. Mann, war das hell! Die spannungsgeladene Erkennungsmelodie der Quizsendung schwoll an und eine Stimme aus dem Off sagte: »Herzlich willkommen zu einer weiteren Folge von *Quiz für Kids* – heute mit einer neuen Moderatorin. Mit einem herzlichen Applaus begrüßen wir – Liz Sander!«
Sämtliche Blicke richteten sich auf Liz, die Franzi gegenübersaß und strahlend in die Kamera lächelte. Der Sender hatte sie gebeten, die Moderation der Quizsendung zu übernehmen, nachdem Thomas Niedlich ausgefallen war – und Liz hatte sofort zugesagt. Franzi gönnte ihr aus vollem Herzen, dass sie

nach all dem Ärger, den sie mit ihrem Exfreund gehabt hatte, nun doch noch an ihren Traumjob gekommen war.
Nachdem der Applaus verebbt war, begann sie mit der Begrüßung der Studiogäste. »Ich freue mich sehr, heute als erstes Team die Klasse 7f der Georg-Lichtenberg-Gesamtschule mit ihrer Klassenlehrerin Frau Pauli in unserem Quizstudio willkommen heißen zu dürfen. Und ganz besonders möchte ich Franziska Winkler begrüßen, die heute auf unserem Quizstuhl sitzt. Hallo, Franzi!«
Die Kamera schwenkte auf Franzi. Ihr wurde plötzlich ganz flau im Magen und sie krächzte: »Hallo, Liz.«
»Bevor wir mit den Fragen anfangen, möchten unsere Zuschauer noch ein wenig mehr über dich erfahren«, sagte Liz. »Ich habe gehört, dass du ein ganz besonderes Hobby hast. Willst du uns ein bisschen davon erzählen?«
Franzi schluckte. »Nun ja – meine Freundinnen und ich, wir interessieren uns für Kriminalfälle.«
»Das klingt ja spannend!«, sagte Liz. »Aber kann so ein Hobby nicht manchmal auch gefährlich werden?«
»Och, es geht so. Wir sind eigentlich immer sehr vorsichtig.« Franzi rutschte unruhig auf dem Quizstuhl hin und her. Sie wollte in aller Öffentlichkeit lieber nicht zu viel über ihre Ermittlungsarbeiten verraten – schließlich sollte der Detektivclub geheim bleiben, damit sich ihre Eltern nicht unnötig Sorgen machten. »Meine Freundinnen Marie und Kim sind heute übrigens auch hier«, fügte Franzi hinzu, um möglichst unauffällig das Thema zu wechseln. »Sie sitzen dort drüben und drücken mir die Daumen.«
Der Kameramann schwenkte auf Kim und Marie. Kim wurde

knallrot und machte sich so klein wie möglich, während Marie breit lächelnd in die Kamera winkte. Franzi grinste. Jetzt hatte Marie doch noch ihren Fernsehauftritt bekommen – wenn auch nur einen ganz kurzen.

»Dann fangen wir jetzt mit der ersten Frage an«, sagte Liz und sah auf ihren Monitor. »Welche römische Göttin trägt Augenbinde, Waage und Schwert? A: Justitia. B: Laetitia. C: Caecilia. D: Olivia.«

Franzi zögerte. Sie wusste, dass es sich bei der betreffenden Göttin um die Göttin der Gerechtigkeit handelte. Sie wurde mit Augenbinde dargestellt, um ihre Unparteilichkeit zu betonen. Die römischen Götter hatten sie vor einiger Zeit im Geschichtsunterricht durchgenommen. Aber wie war der Name gewesen? Laetitia klang nicht schlecht. Oder hatte sie doch Olivia geheißen?

Franzi sah Hilfe suchend zu Kim und Marie hinüber. Kim lächelte ihr aufmunternd zu und Marie hielt beide Fäuste mit gedrückten Daumen hoch. Da fiel es Franzi plötzlich wie Schuppen von den Augen. Sie musste an die drei ??? denken, nach denen sie ihren Detektivclub benannt hatten. Der erste Detektiv hieß Justus Jonas – Justus, der Gerechte! Also musste die Göttin der Gerechtigkeit Justitia heißen.

Franzi atmete tief durch und sagte mit fester Stimme: »Die richtige Antwort ist A: Justitia.«

Liz nickte. »Richtig! Gut gemacht, Franzi!«

Donnernder Applaus brach los und Franzi grinste erleichtert. Zumindest hatte sie nicht gleich bei der ersten Frage versagt. Jetzt würde sie die restliche Show auch irgendwie überstehen. Sie lehnte sich zurück und versuchte, sich zu entspannen.

»Hoch die Tassen!« Franzi hob ihre Kakaotasse und stieß mit ihren Freundinnen an.
Nach der Fernsehaufzeichnung waren die drei !!! sofort ins *Café Lomo* gedüst und hatten ihre Lieblingssitzecke mit dem Sessel und den gemütlichen Sofas besetzt.
»Auf deinen erfolgreichen Fernsehauftritt!«, sagte Marie.
Und Kim fügte hinzu: »Du hast dich wirklich prima geschlagen!«
Franzi trank einen großen Schluck *Kakao Spezial* und leckte sich genüsslich die Sahne von den Lippen. »Finde ich auch. Immerhin konnte ich neun von zehn Fragen beantworten. Und wir haben 350 Euro für unsere Klassenkasse gewonnen. Bloß schade, dass es nicht fürs Finale gereicht hat. Die andere Klasse war leider noch einen Tick besser.«
Marie machte eine wegwerfende Handbewegung. »Ach was, das ist doch nicht so wichtig. Dabei sein ist alles.« Sie trank ihren Kakao aus. »Soll ich gleich die nächste Runde holen?«
Franzi nickte. »Auf jeden Fall. Schließlich bist du mir jetzt neun *Kakao Spezial* schuldig. Ich fürchte allerdings, dass ich sie nicht alle heute schaffe.«
»Kein Problem. Das Angebot gilt auch noch in den nächsten Tagen.« Marie grinste. »Ich will schließlich nicht dafür verantwortlich sein, wenn dir schlecht wird.« Sie stand auf und ging zur Theke hinüber, um die Bestellung aufzugeben.
Franzi kuschelte sich in das Sofa und seufzte zufrieden. »Was für ein Leben! Wir haben den Fall Thomas Niedlich erfolgreich gelöst und ich habe diesen blöden Fernsehauftritt endlich hinter mir. Du glaubst gar nicht, wie erleichtert ich bin.

Ich konnte letzte Nacht kaum schlafen, weil ich so aufgeregt war.«

»Kann ich mir vorstellen«, sagte Kim. Sie klang ein wenig abwesend. Plötzlich stellte sie ihre Kakaotasse mit einer energischen Bewegung auf dem flachen Couchtisch ab. Sie sah aus, als hätte sie soeben einen wichtigen Entschluss gefasst. »Ich muss mit dir reden, Franzi«, platzte sie heraus. »Über Michi.«

Franzi machte ein überraschtes Gesicht. »Über Michi? Wieso? Was ist mit ihm?«

Kim fuhr sich nervös mit der Zunge über die Lippen. Es war nicht zu übersehen, dass sie etwas Wichtiges auf dem Herzen hatte. Franzi ließ sie nicht aus den Augen. Vielleicht würde Kim ja jetzt mit der Sprache herausrücken, und Franzi würde endlich erfahren, warum sie in letzter Zeit manchmal so komisch gewesen war.

»Also … ich …«, begann Kim und zögerte. Dann gab sie sich einen Ruck. »Ich hab euch letztens zufällig gesehen. Vor der Eisdiele.«

»Wie bitte?« Franzi starrte Kim ungläubig an.

Kim wurde rot. »Glaub jetzt nicht, dass ich euch nachspioniert hätte! Ich bin auf meiner Joggingrunde rein zufällig an der Eisdiele vorbeigekommen. Und … ich war natürlich ziemlich überrascht, als ich gesehen habe, dass du dort ein Date mit Michi hattest.« Sie schluckte und fragte leise: »Läuft da was zwischen euch beiden?«

»Zwischen Michi und mir?« Im ersten Moment war Franzi völlig verblüfft, dann prustete sie los. »Spinnst du? Natürlich nicht! Das ist wirklich total absurd!«

Kim schien noch nicht so richtig überzeugt zu sein. »Aber

warum habt ihr euch dann heimlich getroffen? Du hast schließlich kein Wort von eurem Date gesagt! Und da dachte ich …«

»Da dachtest du natürlich sofort, dass wir was miteinander haben«, ergänzte Franzi und schüttelte fassungslos den Kopf. »Mensch, Kim, manchmal geht deine Fantasie wirklich mit dir durch! Michi und ich haben uns zufällig getroffen, als ich von der Probe zur Quizshow kam. Ich musste noch auf den Bus warten und dabei hat Michi mir Gesellschaft geleistet. Es war alles total harmlos! Darum hab ich auch nichts davon erzählt, es war einfach zu unwichtig. Ehrlich gesagt hatte ich die ganze Sache komplett vergessen, bis du mich gerade wieder daran erinnert hast.«

»Wirklich?«, fragte Kim, immer noch ein wenig skeptisch. »Du kannst mir ruhig sagen, wenn etwas zwischen euch läuft. Ich komme schon damit klar.«

»Wie oft willst du es denn noch hören?« Langsam wurde Franzi ungeduldig. »Es ist nichts zwischen uns!«

Kim seufzte erleichtert. Sie sah aus, als wäre ihr gerade ein riesengroßer Stein vom Herzen gefallen. »Mensch, da bin ich aber froh! Ich war mir so sicher, dass Michi sich in dich verliebt hat und ihr beide heimlich ein Paar seid. Das hat mich total fertiggemacht!«

»So ein Quatsch!«, sagte Franzi. »Warst du deswegen in letzter Zeit so komisch? Manchmal kam es mir vor, als wärst du total sauer auf mich. Aber ich hatte keine Ahnung, warum. Jetzt kann ich das natürlich verstehen. Wenn du wirklich geglaubt hast, ich würde dir Michi wegschnappen, ist es ja kein Wunder, dass du wütend auf mich warst …«

Kim senkte den Kopf. »Tut mir leid. Ich hätte schon viel eher mit dir reden sollen.«
»Allerdings.« Franzi nickte bestätigend. »Ganz schön erschreckend, was du mir alles zutraust.«
»Ich weiß jetzt, dass es ein Fehler war«, gab Kim zu. »Ich hätte dir vertrauen sollen. Schließlich sind wir Freundinnen …«
»Genau«, sagte Franzi. »Und Freundinnen hintergehen einander nicht.«
Kim lächelte. »Ich bin froh, dass wir die Sache endlich geklärt haben. Bist du sauer auf mich, weil ich dir so etwas Gemeines zugetraut habe?«
Franzi schüttelte den Kopf. »Ach was, jeder kann mal auf dem falschen Dampfer sein. Und Verliebte sind ja sowieso nicht ganz zurechnungsfähig.« Sie warf einen Blick über Kims Schulter zur Eingangstür hinüber. »Wenn man vom Teufel spricht! Dein Traumprinz ist gerade im Anmarsch.«
Michi hatte das Café betreten. Er kam zur Sitzecke hinüber und lächelte Kim und Franzi zu. »Wusste ich's doch, dass ich euch hier finde! Wie ist die Fernsehaufzeichnung gelaufen?«
»Prima«, antwortete Franzi. »Aber ich bin trotzdem froh, dass ich es hinter mir habe.«
»Kann ich mir vorstellen.« Michi deutete auf den freien Platz neben Kim auf dem Sofa. »Darf ich?«
Kim wurde rot und nickte. »Klar, gerne.«
Marie kam mit einem großen Tablett, auf dem vier randvolle Kakaotassen standen, von der Theke zurück.
»Hier kommt die nächste Runde!«, verkündete sie und stellte das Tablett auf dem Tisch ab. »Hi, Michi! Willst du auch einen *Kakao Spezial*?«

Michi nickte. »Da sage ich nicht Nein. Übrigens herzlichen Glückwunsch zum gelösten Fall! Ich habe in der Zeitung gelesen, dass die Entführung aufgeklärt ist. Es wurden auch drei junge Detektivinnen erwähnt, die der Polizei bei den Ermittlungen eine große Hilfe gewesen sein sollen. Das wart doch bestimmt ihr, oder?«

Franzi grinste. »Richtig geraten! Zum Glück wurden unsere Namen nicht genannt, sonst hätten wir jetzt garantiert die gesamte Regenbogenpresse auf dem Hals.«

»Stimmt«, sagte Kim. »Der Fall ist ja gerade überall in den Medien. Im Fernsehen wurde natürlich auch darüber berichtet. Die Sache hat ganz schön für Aufsehen gesorgt.«

Michi schüttelte den Kopf. »Unfassbar, dass Thomas Niedlich seine Entführung selbst inszeniert hat. Ganz schön dreist, der Kerl!«

»Ich glaube, er war einfach nur verzweifelt«, sagte Franzi. »Im Grunde genommen kann er einem leidtun. Jetzt ist er bei allen unten durch. Seine Fernsehkarriere ist beendet und seine Fans wollen auch nichts mehr mit ihm zu tun haben.« Sie grinste. »Chrissie hat sogar das Autogramm verbrannt, das ich ihr organisiert habe. Jetzt verkündet sie überall lautstark, dass sie Thomas Niedlich schon immer total bescheuert fand.«

Kim schüttelte den Kopf. »So eine Heuchlerin!«

Franzi zuckte mit den Schultern. »Das ist typisch Chrissie. Sie biegt sich immer alles so zurecht, wie es ihr am besten in den Kram passt. Ich bin echt froh, wenn Stefan morgen aus Italien zurückkommt und ich mich nicht mehr allein mit der alten Zicke herumärgern muss.«

Marie wurde sofort hellhörig. »Stefan kommt morgen schon zurück? Dann könnte ich ja kurz bei euch vorbeikommen, oder? Ich interessiere mich nämlich brennend für die italienische Kultur und Stefan hat bestimmt viel zu erzählen ...«
»Klar. Die italienischen Kulturschätze sind ja auch wirklich ein ausgesprochen spannendes Thema«, sagte Franzi todernst.
Kim kicherte und eine Sekunde später prustete auch Franzi los.
»Manchmal seid ihr richtig alberne Gänse.« Marie versuchte, ein strenges Gesicht zu machen. Aber dann musste sie ebenfalls lachen.
»Na, hier herrscht ja eine Bombenstimmung!« Kommissar Peters tauchte neben der Sitzecke auf und lächelte amüsiert in die Runde.
»Und ob!«, rief Franzi gut gelaunt. »Setzen Sie sich doch! Wir feiern gerade meinen Fernsehauftritt – und unseren Ermittlungserfolg.«
»Dazu habt ihr auch allen Grund.« Der Kommissar ließ sich auf einem freien Sessel nieder. »Ihr habt wirklich gute Arbeit geleistet. Auch wenn ich es nach wie vor nicht gutheißen kann, dass ihr euch in Gefahr begeben habt. Ihr hättet mich sofort anrufen müssen, als Franzi plötzlich von der Bildfläche verschwunden war.«
»Beim nächsten Mal denken wir dran, versprochen«, sagte Marie großzügig.
Der Kommissar seufzte. »Wer's glaubt, wird selig.« Dann zog er einen großen Umschlag aus seiner Manteltasche. »Ich hab euch etwas mitgebracht. Eine kleine Überraschung.«

Kim machte ein neugieriges Gesicht. »Eine Überraschung? Was ist es denn?«
»Der Geschäftsführer des Fernsehsenders *Kidstime* ist euch ausgesprochen dankbar für eure Hilfe«, begann der Kommissar. »Schließlich habt ihr ihm eine Menge Geld gespart. Darum hat er sich etwas ganz Besonderes für euch ausgedacht.« Er schwenkte den Briefumschlag.
»Jetzt machen Sie es doch nicht so spannend!«, stöhnte Franzi, die ihre Ungeduld mal wieder kaum zügeln konnte. »Spucken Sie es schon aus!«
Der Kommissar grinste. »Na gut, ich will euch nicht länger auf die Folter spannen.« Er öffnete den Umschlag und zog drei Zugtickets und mehrere Einkaufsgutscheine heraus. »*Kidstime* lädt euch für ein Wochenende nach Berlin ein. Ihr wohnt in einem tollen Hotel und dürft auf Kosten des Senders einen ganzen Nachmittag lang shoppen gehen. Außerdem bekommt ihr eine exklusive Führung durch die *Kidstime*-Studios in Berlin.«
»Wahnsinn!«, rief Marie. »Da wollte ich schon immer mal hin! In den *Kidstime*-Studios werden all meine Lieblingsserien gedreht! Und ein paar super Kinofilme!«
Kim konnte es kaum glauben. »Wir fahren nach Berlin? Alle drei?«
Der Kommissar nickte. »Ich wünsche euch viel Spaß dabei! Die Belohnung habt ihr euch wirklich verdient.« Er zwinkerte ihnen zu. »Da können sich die Berliner Ganoven schon mal warm anziehen!«
Franzi grinste. »Keine Sorge, wir werden uns zurückhalten. Schließlich soll das eine reine Vergnügungsreise werden.« Sie

schielte sehnsüchtig auf die Einkaufsgutscheine. »Ich sag's euch, Mädels, das wird das tollste Wochenende aller Zeiten! Einmal im Leben shoppen bis zum Umfallen, ich kann's kaum erwarten!«

»Berlin, wir kommen!«, rief Marie und hob ihre Kakaotasse.

»Berlin, wir kommen!«, stimmten Kim und Franzi so laut ein, dass sich die anderen Gäste im *Café Lomo* überrascht nach ihnen umsahen. Dann stießen fünf Tassen klirrend aneinander.